KB072594

버퍼
Buffer

이영균 장편 소설

FUSION FANTASTIC STORY

버퍼 6

이영균 장편 소설

초판 1쇄 찍은 날 § 2013년 12월 5일
초판 1쇄 펴낸 날 § 2013년 12월 11일

지은이 § 이영균
펴낸이 § 서경석

편집부장 § 권태완
편집책임 § 어정원
편집 § 박은정
디자인 § 이승주

펴낸곳 § 도서출판 청어람
등록번호 § 제1081-1-89호
등록일자 § 1999. 5. 31
어람번호 § 제1-1728호

주소 § 경기도 부천시 원미구 심곡2동 163-2 서경B/D 3F (우) 420-822
전화 § 032-656-4452 팩스 § 032-656-4453
http://www.chungeoram.com
E-mail § chungeorambook@daum.net

ISBN 978-89-251-3603-5 04810
ISBN 978-89-251-3309-6 (세트)

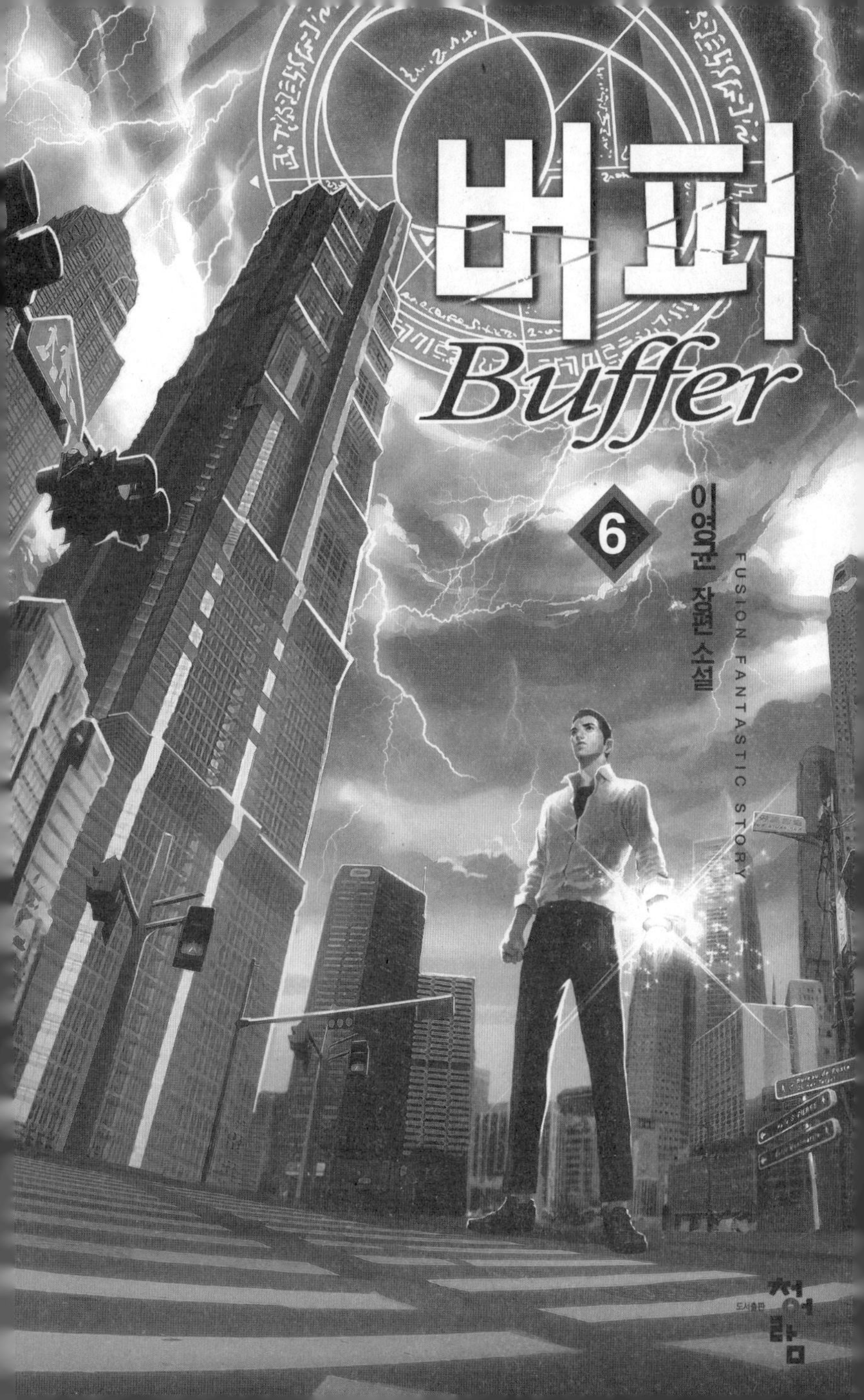

버퍼
Buffer
6
이영균 장편 소설
FUSION FANTASTIC STORY
도서출판
청어람

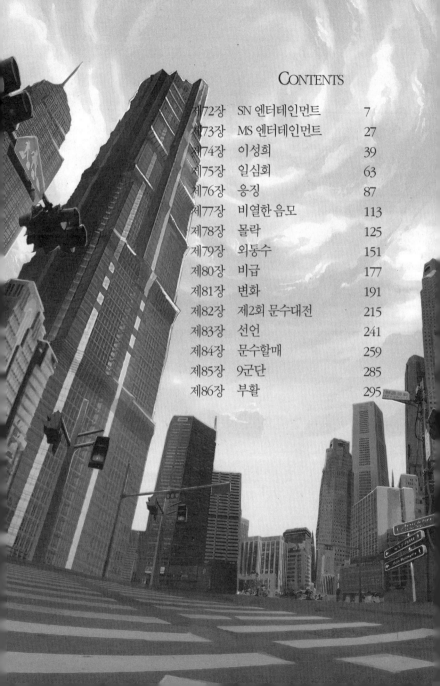

CONTENTS

Chapter 72
SN 엔터테인먼트

Buffer

송염은 임영석 피디를 무표정한 얼굴로 바라보았다.

임영석 피디는 스타퀸에 출연하면서 보았을 당시보다 20년
은 더 늙어 보였다.

"요즘 많이 힘드시나 봅니다. 얼굴이 엉망입니다."

"사는 게 다 그렇지 뭐……."

임영석 피디가 말을 낮추자 송염의 뒤에서 장승처럼 시립
해 있던 제자 두 명의 눈꼬리가 역팔 자를 그렸다.

동시에 제자들로부터 무형의 기운이 뿜어져 나와 임영석
피디의 몸을 압박했다.

"크으으윽!"

거대한 압력에 못 견딘 임영석 피디의 얼굴이 파랗게 질리기 시작했다.

잠시 그런 임영석 피디의 모습을 즐기던 송염은 손을 들어 제자들의 행동을 제지했다.

"아~ 아~ 그만들 해."

"존명!"

"존명!"

명령이 끝나기가 무섭게 제자들이 뿜었던 기운을 거둬들였다.

겨우 숨을 돌린 임영석 피디는 자신의 경험을 믿지 못하겠다는 듯 파랗게 질린 얼굴로 송염을 바라보았다.

송염은 너털웃음을 터뜨렸다.

"하하하, 미안하게 됐습니다. 우리 문도들은 내가 무시당하는 것을 참지 못하거든요."

"……"

임영석 피디의 눈동자가 맹렬하게 돌아갔다.

지금은 끈 떨어진 연 신세로 전락했지만, 한때는 SBC방송국에서 가장 잘나가던 피디였다.

나름의 소식통은 아직도 존재했다.

'소문이 사실이었어.'

문수파가 고대의 사라진 무술을 현대에 부활시켰다.

문수파에는 무협지에나 등장할 만한 고수들이 득시글거린다.

"죄, 죄송합니다."

임영석 피디의 입에서 어색한 존댓말이 흘러나왔다. 과거, 임영석 피디와 송염의 관계에서는 절대로 있을 수 없는 존댓말이다.

그만큼 최근 임영석 피디의 신세는 절박했다.

송염 일행 덕분에 고공행진을 펼쳤던 스타퀸의 시청률은 곧장 수직 하강했다.

보는 사람의 눈을 의심하게 만들 만큼 자극적인 퍼포먼스에 익숙해진 시청자들은 송염 일행에게서 보았던 신기함과 짜릿함 그 이상의 것을 원했다.

시청률 반등을 위해 안 해본 시도가 없을 정도로 많은 아이템을 선보였지만 소용이 없었다.

다급한 마음에 임영석 피디는 방송에 약간의 조작을 가했다.

이 조작이 결정적 패착이었다.

플레임 단위로 장면을 끊어서 감상하는 시청자들이 조작을 눈치채지 못할 리 없다. 시청자들은 동영상 캡쳐본과 국정원 뺨치는 정보력으로 조작을 파헤쳤고 각종 게시판에 퍼다

날랐다.

그래도 여기까지는 견딜 수 있다.

물의를 빚든 욕을 얻어먹든 피디는 시청률로 말한다. 시청률만 잘나오면 그 어떤 불상사도 깨끗이 덮어지는 장소가 방송국이다.

그러나 급전직하의 시청률은 임영석 피디를 보호해 주지 못했다.

더군다나 높은 시청률과 비례해 천 년 묵은 고목처럼 뻣뻣해졌던 목도 부메랑으로 돌아왔다.

예능국에서 임영석 피디는 완전히 외톨이 신세였다.

가늘게 이어가던 최후의 순간은 며칠 전에 모습을 드러냈다.

SBC방송국은 임영석 피디를 산하 케이블 방송국으로 발령을 냈다.

그것도 피디로서가 아니라 광고 수주를 업무로 하는 영업직으로의 발령이었다.

이는 사표 쓰고 나가라는 정중한 권고였다.

*　　　*　　　*

임영석 피디의 사정을 속속들이 알고 있는 송염은 여유로웠다.

"요즘 이런저런 사정 때문에 어려우시다는 이야기는 김계숙 씨로부터 전해 듣고 있습니다."

김계숙의 이름을 들은 임영석 피디는 지옥 끝에서 한 줄기 빛을 발견한 것 같았다.

문수파를 스타퀸에 재등장시키기 위해 김계숙에게 건 전화만 수백 통이다.

그때마다 김계숙은 쌀쌀맞게 부탁을 거절하거나 아예 전화를 받지 않았다.

김계숙이 댄 거절 이유는 간단했지만 반박할 수 없는 것이었다.

"송염 님은 연간 50조의 매출을 올리는 거대기업 문수 다이나믹스의 오너예요. 그런 부를 이룬 사람이 무엇이 아쉬워 하찮은 쇼프로에 등장해서 어릿광대짓을 하겠어요."

임영석 피디도 모르는 바는 아니었지만 달리 기댈 구석이 없었다.

그런데 어제저녁 김계숙에게서 송염이 저녁이나 먹자고 한다는 전화가 왔다.

'어떻게든 문수파를 다시 스타퀸에 등장시켜야 해.'

송염은 자신을 구원해 줄 수 있는 능력이 있었다.

임영석 피디는 살아남기 위해 악마의 정액이라도 마실 만

반의 준비가 되어 있었다.

마지막 기회라는 사실을 직감한 임영석 피디는 넙죽 고개를 숙였다.

"살려주십시오."

송엽은 그런 임영석 피디의 행동이 역겨워 토할 것 같았다.

저런 부류의 인간들이 숙이는 고개에는 일 푼의 가치도 없다.

저들은 살아남기 위해 무슨 짓이든 할 수 있고 살아남은 후에는 또 얼마든지 다시금 고개를 뻣뻣하게 치켜들고 자신의 권력을 휘두를 수 있는 유형의 인간이다.

송엽은 주먹을 날리고 싶은 마음을 억지로 눌러 참았다.

지금은 자신의 속내를 드러낼 때가 아니었다.

SN 엔터테인먼트를 박살 내기 위해서는 연예계에 모르는 사람이 없는 임영석 피디가 필요해서다.

"살려달라니요. 사실 따지고 보면 제가 지금 이 자리에 있는 것도 임 피디님 덕분 아닙니까. 제가 도와드릴 일이 있으면 무엇이든지 해야죠."

"감사합니다. 감사합니다."

"그럼 제가 무엇을 도와드리면 될까요? 말씀해 보십시오."

"크게 힘든 일은 아닙니다. 소엽 씨, 아니 태상장로님 뒤에 서 있는 제자분들만 저희 스타퀸에 출연시켜 주시면 됩니다."

"......."

송염은 대답 대신 난감한 표정을 지었다.

"아실지 모르겠지만 현재 문수파는 대외 활동을 금하고 있는 터라서요. 난감하군요."

"하, 하지만……."

"그렇지만 방법이 없는 것은 아니죠."

"어떤 방법 말씀이십니까?"

송염은 대답 대신 손가락을 튕겼다.

그러자 송염의 옆자리에 거짓말처럼 크리스티나가 모습을 드러냈다.

"헉!"

그 모습을 본 임영석 피디가 의자째로 뒤로 넘어갈 뻔한 몸을 겨우 추슬렀다.

송염은 여전히 미소를 잃지 않고 말했다.

"하하하, 뭘 그리 놀라십니까. 아마 초면일 텐데 인사하시죠. 제 여동생인 크리스티나 송입니다. 문수파에서 장로직을 맡고 있기도 하죠."

크리스티나가 사뿐히 인사를 했다.

"크리스티나 송이에요. 오빠에게 말씀 많이 들었어요."

"전… SBC 방송국 피디 임영식입니다."

인사가 끝나자 송염은 임영석 피디에게 말했다.

"크리스티나가 임 피디님께 부탁이 한 가지 있답니다. 어처구니없는 부탁이긴 하지만 오빠 된 죄로 안 들어줄 수도 없어서요."

임영석 피디의 표정이 밝아졌다.

분명 송염이 말하는 부탁은 자신이 들어줄 수 있는 성질의 것이고, 그 부탁만 들어주면 송염도 자신을 도와줄 것이란 생각이 들었다.

크리스티나의 입에서 그 부탁이 흘러나왔다.

"정우선과 친구가 되고 싶어요."

"……."

임영석은 하마터면 크리스티나에게 욕을 할 뻔했다.

부탁도 정도가 있는 법이다.

정우선은 조각 같은 외모로 유명한 대한민국 최고의 미남 배우다.

임영석 자신조차도 만나고 싶어도 만날 수 없는 사람이 바로 정우선이다.

아니, 만나려면 이런저런 연줄을 동원해 만날 수는 있을 것이다.

그러나 정우선을 크리스티나에게 소개시키는 일은 또 다른 차원의 문제다.

정우선은 SN엔터테인먼트의 대표 남자 배우다.

SN엔터테인먼트는 소속 연예인들의 사생활 관리를 철저히 하기로 유명하다.

안 그래도 SN엔터테인먼트에 약점이 잡혀 있는 터에, SN엔터테인먼트의 얼굴이나 다름없는 정우선을 불러내 크리스티나를 소개시키기라도 하면?

모르긴 몰라도 자신의 치부가 담긴 비디오를 유출시키는 데서 끝나지 않을 것이다.

SN 엔터테인먼트는 성뿐만이 아니라 폭력 또한 매우 잘 사용하는 기획사라는 사실을 모르는 연예관계자는 없다.

임영석은 자신도 모르게 몸을 부르르 떨었다.

"어디 몸이라도 안 좋으십니까?"

"아, 아닙니다."

"그럼 가능하시다는 말씀이십니까?"

"그게… 사실 불가능합니다."

임영석은 자신이 알고 있는 사실을 백 배쯤 부풀려 설명했다.

물론 자신의 약점을 말할 만큼 멍청이는 아니었다.

이야기를 듣고 난 송염은 무척 놀란 척 연기를 펼쳤다.

"세상에……. 연예계 쪽이 험하다는 이야기는 들었지만… 정도가 심하군요."

"딴따라는 말이 있지 않습니까. 그러니 정우선은 포기하시고 다른 배우를 말씀해 주십시오. SN 엔터테인먼트 소속만 아니라면… 아니, SN 엔터테인먼트 소속이라도 조금 네임벨류가 낮은 연기자라면 가능합니다."

"어때, 크리스틴?"

"싫어, 싫어. 싫다고!"

크리스티나의 손에서 둥실 불덩어리가 떠올랐다.

크리스티나의 연기는 일품이었다.

사실 그녀가 정우선의 얼굴을 본 것은 오늘 아침으로 그것도 송염의 계획을 들은 후 스마트폰으로 검색을 해보고 나서였다.

"허거거걱!"

불덩어리가 당장에라도 날아올 것 같았는지 임영석이 손으로 얼굴을 가리며 기겁을 했다.

송염은 내심 고소를 지으며 크리스티나를 꾸짖었다.

"손님께 무슨 짓이냐? 화염장을 거둬드리지 못해?"

"흥! 이 사람이 정우선을 만나게 해줄 수 있다고 했잖아. 순 거짓말쟁이. 거짓말쟁이는 혼이 나야 해."

송염은 다시 나무랐다.

"장로씩이나 되가지고 제자들 보기 부끄럽지도 않아?"

"……."

크리스티나가 제자들을 힐끔 보더니 불덩어리를 사라지게 했다.

사실 제자들이 크리스티나를 보는 눈빛은 존경과 연모 그 자체였다.

제자들에게 크리스티나는 아직 아무도 수련하지 못한 화염장과 은신술을 익힌 무술의 천재이자 문수파를 대표하는 장로 그 이상도 그 이하도 아니었다.

그들은 크리스티나가 불덩어리를 던져 임영석을 구워 버렸더라도 감탄을 하면 했지, 결코 실망하지 않을 만큼 크리스티나의 실력을 흠모하고 있었다.

송염은 기겁하다 못해 사색이 된 임영석에게 정중한 사과를 건넸다.

"미안합니다. 워낙 제 동생이 천방지축이라서요."

"아닙니다."

"하~ 그나저나 어쩐다."

송염이 한숨을 쉬자 크리스티나가 소리쳤다.

"어쩌긴 어째, 그럼 정우선을 빼내면 되잖아!"

"빼내다니?"

"정우선도 SN 엔터테인먼트와 계약했을 거 아냐. 그 계약, 파기시키면 되지."

"계약 파기라……."

송염은 임영석을 바라보았다.

"가능합니까?"

"가능이야 하겠지만, 정우선 정도면 아마 계약금이 10억은 넘을 겁니다. 게다가 위약금까지 합하면… 상상하기도 힘든 금액이 되겠군요."

"금액을 말씀해 보십시오."

"통상적으로 계약 파기에 따른 위약금은 계약금의 세 배이니 30억 원이고 남은 계약 년도 동안 벌어들일 비용의 두 배를 또 위약금으로 내야 합니다. 두 번째 위약금은 보통 전해 년도 수입으로 산정합니다. 정우선은 연기보다 CF를 많이 찍어서 작년에 대략 100억 정도의 수익을 올린 것으로 알려져 있습니다. 거기에 더해 정우선에게 줄 계약금도 필요합니다."

대략 계산해도 수백억의 자금이 필요하다.

물론 송염은 그런 금액을 지불할 능력이 충분했다.

하지만 송염은 정우선뿐만이 아니라 SN 엔터테인먼트 소속의 연예인 전부를 빼돌릴 생각이었고, 그 점까지 고려하면 전체적으로 투입되어야 할 금액은 가히 천문학적이었다.

'그깟 돈은 문제가 아닌데 그 돈이 SN 엔터테인먼트의 뒤에 있는 일본 우익으로 흘러들어가는 것이 문제지…….'

크리스티나가 끼어들었다.

"그 정도면 푼돈이잖아. 사줘, 사줘."

"……."

"……."

마치 장난감을 가지고 싶어 떼를 쓰는 어린아이 같은 행동이다.

하지만 크리스티나의 행동을 이상하게 생각하는 사람은 최소한 이 방 안에는 없었다.

송염이 세계 10위권의 부자라는 사실을 모르는 대한민국 사람은 없다.

만일 송염의 개인 회사인 문수 다이나믹스가 상장이라도 하면 그 순위는 단숨에 선두권으로 치고 올라간다.

'그래 얼마 안 되잖아. 동생의 부탁을 들어줘.'

임영석 피디는 두 손 모아 열심히 기도했다.

그러나 송염은 임영석의 기대에 찬 시선을 외면하며 크리스티나에게 말했다.

"네 개인의 도락을 위해서 몇 백억을 쓸 수는 없어. 그럴 돈이 있으면 불우이웃을 돕겠다."

"흥!"

힘찬 콧소리와 함께 크리스티나의 신형이 사라졌다.

너무나 멋진 콧소리여서 송염은 잠시 크리스티나가 연기에 소질이 있을지도 모른다는 상상을 하고 말았다.

'연기를 시켜야 하나?'

그래도 시작한 연기니 끝을 맺어야 했다.

송염은 최선을 다해 한숨을 쉬며 임영석에게 말했다.

"말은 그렇게 했지만, 그래도 동생이니 소원을 들어줘야겠습니다."

이제 살았다 싶었는지 임영석의 표정이 밝아졌다.

"당장에라도 줄을 대겠습니다. 모르긴 몰라도 정우선도 싫다고는 안 할 겁니다."

"그 이야기에 앞서……."

송염은 주머니에서 USB 메모리 한 개를 꺼내 임영석에게 건네며 말했다.

"동생 때문에 SN 엔터테인먼트에 대해 이것저것 알아봤습니다. 그러던 와중에 이놈이 튀어나오더군요."

"이게 뭡니까?"

"임 피디님이 등장하는 동영상입니다. 내용은 익히 아시겠지요?"

"……?!"

임영석의 얼굴이 흙빛으로 변했다.

본능적으로 USB메모리를 받아들기 위해 내민 손이 사시나무 떨 듯 흔들렸다.

"걱정 마십시오. 아마 이 동영상으로 SN 엔터테인먼트에서 임 피디님을 협박했다 싶어 원본이 남아 있지 않게 철저히 처리했습니다. 남은 영상은 오직 이것뿐입니다."

USB메모리를 받아든 임영석의 머릿속은 뒤죽박죽이었다.

어떻게 송염이 그 동영상을 가지게 되었는지는 중요하지 않았다.

송염 정도의 능력과 재력은 죽은 사람도 지옥에서 불러올 수 있다.

송염은 자신에게 원하는 일이 있고 자신은 송염의 희망을 전심전력을 다해 들어줄 준비가 되어 있었다.

어쩌면 이건 일생일대의 기회일지도 몰랐다.

임영석은 비릿한 미소를 지으며 돌부처처럼 서 있는 제자들의 눈치를 본 다음 몸을 일으켰다.

그리고 허리를 90도로 굽혔다.

"원하시는 바를 말씀해 주십시오. 제가 할 수 있는 일이면 무엇이든지 하겠습니다."

송염은 의자에 몸을 깊숙이 묻고 임영석의 인사를 받았다.

'확실히 미련하지는 않아.'

일류 대학을 나와 수백 대 일의 경쟁률을 자랑하는 언론고시를 뚫고 지상파 방송국 PD가 된 작자가 미련할 리 없다.

'하여튼 배운 놈들이 더해.'

송염은 쓴 웃음을 지으며 말했다. 절을 받았으니 더 이상

존대는 필요 없었다.

"내 여동생이 좋아하는 남자가 속해 있는 곳이 그런 시궁
창이어서는 곤란해. 혹여라도 나중에 자네가 등장하는 동영
상 같은 쓰레기들이 또 있어서 문제가 생기면 안 되거든. 그
렇게 되면 내 동생이 얼마나 슬퍼하겠어."

송염은 어디까지나 크리스티나의 핑계를 댔다.

하지만 그렇게 말하는 송염조차도 임영석이 자신의 말을
믿을 거라고는 여기지 않았다.

'믿으면 바보지.'

임영석은 바보가 아니었다. 그 증거로 임영석은 손톱이 손
바닥을 파고들어 피가 날 정도로 주먹을 불끈 쥐고 있었다.

'이 남자는 나를 만나기 위한 핑계가 필요했을 뿐이야. 나
쁘지 않아.'

권력자들의 사고방식은 미친놈과 같다고 했다.

또한 부자들의 사고방식도 정상인이 보기에는 미친놈과
다를 바 없었다.

'무슨 상관이야?'

임영석 피디는 송염이 엔터테인먼트 사업이 관심이 있다
고 판단했다. 그리고 그 사업의 대리인으로 자신을 선택했다
고 생각했다.

송염의 말은 이어졌다.

"여하튼 난 SN 엔터테인먼트가 존속해서는 안 되는 기업이라고 결정했어. 그래서 SN 엔터테인먼트를 무너뜨릴 생각이야."

"……."

"우선 임 피디가 SBC를 그만두고 기획사를 하나 차려야겠어."

"기획사를 말입니까?"

되묻고는 있었지만 임영석은 내심 환호했다.

이런저런 이유를 댔지만 송염은 결국 초거대 연예 기획사를 세우고 싶어 했다.

'그럴 만해. 문수파는 무술 단체잖아. 무술 단체에서 연예 기획사를 가지는 건 많은 이득이 있어. 방송이나 영화 등에 제자들을 등장시키면 얻어지는 광고 효과는 이루 헤아릴 수 없을 만큼 크지. 크리스티나 장로만 해도 충분히 가능해. 하지만 대놓고 연예 기획사를 운영하는 것은 너무 속이 보이지. 그래서 내가 필요한 거야.'

궁지에 몰린 인간은 발에 채는 돌부리에서도 희망을 찾는 법이다.

임영석은 송염이 던져준 정보 속에서 최대한 자신에게 유리하도록 상상의 나래를 펼쳤다.

"그래, 기획사. 기획사를 설립한 후 SN 엔터테인먼트에서 가장 잘나가는 연예인 스무 명과 접촉해서 그들에게 거액을 제시해. 돈은 원하는 대로 준다고 해."

"하지만… SN 엔터테인먼트에서 두고 보고만 있지는 않을 텐데요."

"가만있지 않겠지. 하지만 다 생각이 있어. 그래서 자네가 필요한 것이기도 하고."

송염은 자신의 계획을 차근차근 설명했다.

Chapter 73
MS 엔터테인먼트

Buffer

임영석은 다음 날로 SBC 방송국에 사표를 제출했다.

말리는 사람도 슬퍼하는 사람도 없었다.

그러나 SBC방송국을 걸어 나오는 임영석의 표정은 밝았다.

그 길로 임영석은 곧장 MS 엔터테인먼트란 기획사를 설립했다.

그리고 인사를 한다는 명목으로 SN 엔터테인먼트를 제외한 타 연예 기획사 사장들의 모임을 주선했다.

그래도 임영석이 한때는 잘나가던 방송국 PD였던지라 연락을 받은 기획사 사장들이 모여들었다.

사장들의 좌장격인 대성 기획의 사장 송만호가 인사를 건넸다.

"임 피디님, 아니 이젠 임 사장님이라고 불러야 하겠군요. 이 바닥 생리를 잘 아시는 분이 어려운 길을 택하셨습니다."

"하하하하, 말씀대로입니다. 여러 사장님들이 많이 도와주십시오."

"도와줄 일이 있나요. 우리도 죽을 맛인 걸요."

대성 기획은 대한민국에서 SN 엔터테인먼트 다음으로 큰 규모를 자랑하는 연예 기획사다. 하지만 SN 엔터테인먼트의 위세에 밀려 2년 연속 적자를 기록하고 있기도 했다.

그런 상황은 타 기획사들도 마찬가지였고 그런 만큼 기획사 사장들은 SN 엔터테인먼트를 악의 축으로 생각하고 있었다.

임영석은 자신감 넘치는 목소리로 말했다.

"그래서 여러분을 모셨습니다."

"무슨 소립니까? 그래서라니요?"

"연예계를 혼탁하게 만든 주범이 누굽니까? 바로 SN 엔터테인먼트 아닙니까? 그냥 두고만 보실 겁니까?"

"누가 그걸 모릅니까? 그런데 해볼 수 있어야지요. 돈이면 돈, 폭력이면 폭력, 뭐 하나 비빌 구석이 있어야지요."

"있습니다."

"네?"

"제가 기획사를 차린 이유가 바로 SN 엔터테인먼트를 붕괴시키기 위해섭니다."

"허~ 말이 되는 소리를……. 당신 뒤에 정부라도 있다는 말입니까?"

"정부보다 더 힘이 강한 분이 제 뒤에 있습니다. 덧붙이자면 그분은 SN 엔터테인먼트를 정말 싫어하십니다."

대한민국에서 정부보다 더 강한 힘을 가진 사람은 대통령 한 명뿐이다.

이야기가 거창하게 흐르자 사장들이 관심을 보이기 시작했다.

"그래, 어떻게 한단 말이요."

"쉬운 일입니다. 여러분이 SN 엔터테인먼트의 주식을 구입해 주시면 됩니다."

"허… 이 사람, 바쁜 우릴 데리고 장난하자는 건가? 그럴 돈이 어디 있단 말이요. 우리 사정을 모르는 것도 아니고!"

분노한 사장들은 임영석이 자신들을 놀리고 있다고 느꼈는지 의자를 박차고 일어났다.

임영석은 가진 자의 여유를 마음껏 즐기며 그런 사장들의 모습을 보다가 말했다.

"돈은 제가 댑니다. 여러분은 주식을 사주시기만 하면 됩니다."

"……"

돈을 댄다는 말에 사장들이 다시 의자에 엉덩이를 붙였다.

어쩌면 매우 간단한 계획이었다.

임영석은 사장들에게 돈을 댄다.

사장들은 SN 엔터테인먼트의 주식을 산다.

동시에 임영석은 SN 엔터테인먼트의 최고 연예인들을 빼돌린다. 물론 거액의 계약금도 지불하고 SN 엔터테인먼트와의 소송 비용 빛 혹여 발생할 위약금까지 떠안는 조건이다.

"현재 SN 엔터테인먼트의 최대주주는 대표인 이성희입니다. 이성희가 가진 주식은 14퍼센트로 그 가치는 약 1,300억 원에 달합니다. 여러 사장님들은 저의 위임을 받아 14퍼센트 이상의 주식을 사 모아주시면 되는 겁니다."

"당신에게……. 아니, 임 사장에게 그만한 돈이 있을 리가……."

"하하하, 조금 전 말씀드렸을 텐데요."

"그럼 그 힘 있다는 뒷배가 사실이란 말이요?"

"말보다는 행동으로 증명해 보이겠습니다."

임영석은 그 자리에서 100억짜리 수표 스무 장을 꺼내 들었다.

"……."

"……."

주식이 경영권을 확보할 만큼 모이면 소속 연예인들을 관리하지 못한 책임을 물어 이성희를 퇴진시킨다.

임영석의 말이 끝나자 그래도 가장 연륜이 있는 대성 기획의 사장 송만호가 입을 열었다.

"모든 일이 끝나면 임 사장이 이성희의 역할을 대신하라는 법도 없지 않소."

"당연한 질문이십니다. 역시 말보다 행동으로 답하겠습니다. 먼저 주식매입 자금은 모두 여러분 회사에 투자금으로 돌리겠습니다. 결코 경영권을 침범하지 않는다는 조건을 붙여서 말입니다."

"그렇다면야……. 하지만 그래도 연예인들이 임 사장의 MS 엔터테인먼트에 고스란히 넘어가는 것은 불변 아니오?"

"그 또한 약속드리죠. SN 엔터테인먼트가 와해되면 소속 연예인들을 모두 여러분의 회사로 나눠드리겠습니다. 왜냐구요? 그래야 저희도 지금 나눠드릴 주식매입 자금을 회수할 수 있을 것 아닙니까?"

더 이상의 질문은 없었다.

아니, 질문할 필요도 없었다.

사장들은 SN 엔터테인먼트의 파상 공세에 숨통이 막혀가고 있는 상태였다. 이런 상황에 처한 사장들에게 임영석의 제안은 마른 땅에 내리는 단비와도 같았다.

*   *   *

테이블 위에 있던 무거운 크리스털 재떨이를 집어 든 이성희가 소리쳤다.

"죽어, 나가 죽어!"

"누나!"

이준석이 기겁을 하며 손으로 얼굴을 감싸 안았다.

차마 그런 동생의 머리에 재떨이를 던질 수 없던 이성희가 새로운 목표를 찾았다.

재떨이가 허공을 날아 SN 엔터테인먼트의 마크가 멋지게 애칭으로 새겨진 유리문에 명중했다.

꽝!

와장창창!

유리문이 단숨에 조각조각 무너져 내렸다.

"너 뭐하는 놈이야? 그렇게 여자 꽁무니만 졸졸 따라다니지 말고 애들 관리 잘하라고 했지?"

"잘했어, 잘했다고!"

"그런데 왜 빠져나가? 앙?"

"바로 잡을 테니 화 풀어. 제발, 누나."

한 달 전, 불현듯이 배우 정우선이 계약 파기를 선언했다. 이때까지만 해도 그럴 수 있다 싶었다.

하루아침에 인기를 얻은 애송이들은 그 인기가 순전히 자신의 능력으로 이루어진 것이라는 착각에 빠지기 십상이기 때문이다.

이성희는 정우선을 재물 삼아 나머지 소속 연예인들을 단속하는 계기로 삼으면 그만이라 생각했다.

그런데 정우선은 시작에 불과했다.

한 달 동안 SN 엔터테인먼트를 대표하는 연예인 스무 명이 약속이나 한 듯이 줄줄이 계약을 파기했다.

"어떻게 바로 잡을 텐데? 한두 명이야? 우리 SN 엔터테인먼트의 얼굴이라고 할 수 있는 톱 연예인만 스무 명 넘게 빠져나갔어."

"고문 변호사를 통해서 배우들에게 소송을 걸기로 했어. 오늘쯤 고소장이 접수될 거야."

이준석의 말을 들은 이성희가 어이가 없다는 듯 이마를 짚었다.

"그래서?"

"그래서라니? 계약서대로 위약금 왕창 걸어야지. 다시는 연예계에 발을 못 디디게 해야지."

"에라이~ 한심한 놈."

이성희는 분을 참지 못하고 다시 던질 물건을 찾았다.

참다못한 이준석이 반발했다.

"이유를 말해줘. 안 그러면 나 확!"

"나? 나, 뭐? 나가서 콱 자살이라도 할래? 네가 그럴 오기라도 있었으면 내가 두 발 쪽 뻗고 자겠다."

"그럼 이유라도 말해줘야 할 것 아냐?"

"머리는 장식품이야? 조금만 생각하면 답이 나오잖아. 우리 애들을 빼간 임영석이란 놈이 준 돈이 얼마야? 우리가 준 계약금의 세 배야 세 배. 그런 놈이 소송 하나 생각하지 않았겠어? 게다가 쟤들이 먼저 불공정 계약으로 파기 소송을 걸어왔잖아, 이 멍청아."

"그래도……."

"그래도는 뭐가 그래도야! 우리 회사를 대표하는 연예인 스무 명이 동시에 소송을 걸어왔어. 그 사실만으로도 우리 회사는 악덕회사가 된 거야. 기자들이 좋아 칼춤을 추겠지. 이 정도면 그래도 괜찮아. 우리 이야기를 써줄 기자들은 많고 많으니까."

"그럼 됐잖아."

"이익!"

이성희가 더는 참지 못하고 이준석의 따귀를 때렸다.

짝!

뺨을 맞은 이준석이 길길이 날뛰었다.

"악! 왜 때려!"

"이 멍청아. 왜 하나만 알고 둘은 몰라? 아니, 하나만이라도 좀 알아라. 소송이 끝나려면 못해도 몇 년이야. 그동안 폭락할 우리 회사 주식은 어떡하고? 네가 다 똥 닦을래?"

"무슨 소리야! 최근 한 달 동안 주가가 10퍼센트 이상 올랐는데."

이준석의 말대로 특별한 호재도 없었지만 SN 엔터테인먼트의 주식은 최근 들어 계속 상승하고 있는 중이었다.

이성희는 이준석의 말을 듣자 등골이 오싹해짐을 느꼈다.

무언가 자신이 모르고 있는 일이 벌어지고 있다는 생각이 들었다.

"내가 알아서 할 테니 나가! 나가! 제발 좀 나가!"

이준석을 사무실에서 쫓아낸 이성희는 찬물 한 잔으로 속을 달랬다.

그리고 어디론가 전화를 걸더니 SN 엔터테인먼트가 처한 상황을 설명한 후 요구사항을 말했다.

"곤조 상, 저예요. 사람이 몇 명 필요해요. 한국에 있는 아이들로는 안 돼요. 아무래도 MS 엔터테인먼트란 회사 뒤에 거물이 있는 것 같아요. 그래요. 놔두면 문제가 심각해질 소지가 있어요. 고마워요."

전화를 끊은 이성희가 벽 한 면을 가득 채운 창문으로 걸어 갔다.

창문 밖으로 이제 갓 어둠이 내리고 네온이 그 어둠과 싸우는 강남 거리가 한눈에 내려다 보였다.

이성희는 붉은 입술을 깨물며 다짐하듯 중얼거렸다.

"절대로 놓치지 않아."

강남 한복판에 우뚝 선 SN 엔터테인먼트 건물은 마치 성처럼 보이는 외관을 하고 있었다.

이 성의 성주는 이성희였다.

이성희는 성주로서 성을 지킬 의무가 있었다. 비록 자신이 누리고 있는 성주란 직위가 곤조에게 위임받은 이름뿐인 직위라고 해도 그 점은 변하지 않았다.

Chapter 74

이성희

순탄했던 이성희의 삶이 무너져 내린 때는 1997년이었다.

대한민국을 강타한 IMF는 조그만 중소기업을 운영하던 그녀의 아버지를 나락으로 떨어뜨렸다.

온화하고 가정적이던 아버지가 변하는 것은 한순간이었다.

아버지는 술로 울분을 달래기 시작했다.

곧 술은 아버지를 집어삼켰다.

아버지는 대다수의 알코올중독자가 그러하듯이 폭력을 휘둘렀고 견디다 못한 어머니가 집을 뛰쳐나갔다.

홀로 남은 이성희는 이준석과 함께 지옥을 견뎌야 했다.

"난 무너지지 않아."

이성희에게 아버지는 패배자 그 이상도 그 이하도 아니었다.

자신과 동생을 버리고 도망간 어머니 또한 배신자에 지나지 않았다.

이성희는 아버지의 모진 매를 온몸으로 견디며 지옥에서 빠져나갈 날만을 기다렸다.

인고의 세월이 지나 고3의 매서운 겨울이 왔다.

이성희는 드디어 지옥을 빠져나갈 수 있다는 희망에 차 있었다.

그녀는 아름다웠고 야심에 차 있었으며 그 야심을 실현시킬 만큼 똑똑했다.

그러나 신은 이성희의 편이 아니었다.

수능 시험 날 아침 아버지가 모진 삶의 끈을 놓아버렸다.

이성희는 여느 친구들처럼 수능 시험장에 가지 못하고 아버지의 차가운 시신을 지켜야 했다.

안도와 원망이 동시에 몰려왔다.

눈물 따위는 사치였다.

어디선가 몰려든 빚쟁이들은 이성희가 태어나서는 안 될 악마의 자식이며 당연히 아버지의 빚을 대신 갚아야 한다고 주장했다.

"그래, 갚아줄게. 갚아준다고!"

이성희는 한 손으로는 아버지의 시신이 담긴 관을, 한 손으로는 동생 이준석을 끌어안고 소리쳤다.

그리고 그길로 강남의 한 룸살롱으로 스스로 걸어 들어갔다.

젊고 똑똑하고 아름다우며 무엇보다 어린 이성희에게 아버지 또래의 남자들은 열광했다.

이성희는 냄새나고 끈적거리는 남자의 체취를 온몸으로 받아들이며 돈을 벌었다.

세상에는 돈 많은 사람이 정말 많았다.

하룻밤에 1,000만 원을 술값으로 쓰는 사람도 많았고, 아직도 부풀어 오르고 있는 이성희의 가슴에 100만 원짜리 수표를 꽂아 주는 사람도 많았다.

이성희는 정확히 4년 만에 아버지의 빚을 모두 갚았다.

"이제 나와 성준이를 위해 돈을 벌 거야."

홀가분한 마음으로 새로운 출발을 다짐한 이성희는 남은 얼마간의 돈으로 전셋집을 얻어 어머니를 모시고 이성준을 맡긴 후 일본으로 향했다.

갓 대학에 입학한 이성준에게 혹여 누가 되지 않을까 하는 염려 때문이었다.

희망에 부풀어 브로커를 따라 도착한 이성희는 '데리 혜

루' 즉 콜걸 일에 뛰어들었다.

전화를 받고 찾아가 매춘을 하는 데리 헤루는 보수는 좋았지만 솔직히 겁도 났다.

하지만 일본 남자들은 한국 남자들보다 매너도 좋았고 폭력을 사용하지도 않았다.

벌이는 룸살롱에서 일할 때보다는 떨어졌지만 그래도 스물세 살 여성이 만지기에는 여전히 거금이었다.

하루를 쉰다고 벌금을 내는 일도 없었고 가족으로부터의 압박이 사라지니 마음도 편했다.

아니, 편하다고 생각했다.

하지만 그녀의 몸은 건강할지 몰라도 정신은 19세부터 23세까지 이어진 술과 매춘으로 피폐해져 있었다.

몸이 무너지자 정신 또한 무너져 내렸다.

이성희는 술과 마약에 손을 대기 시작했다.

그리고 그때쯤 곤조를 만났다.

*　　　*　　　*

호텔방의 문을 열고 들어간 순간 이성희는 석상처럼 굳었다.

곤조의 다리 끝에서 목까지 온통 벌거벗은 무희가 춤을 추고 있었다.

몸을 돌려 밖으로 나갈 수도 있었다.

하지만 이성희는 그렇게 하지 않았다.

'뭐가 무섭지?'

뚱뚱한 남자도, 마른 남자도, 나이 많은 남자도, 나이가 어린 남자와도 몸을 섞었다.

문신을 가진 남자라고 받지 않을 이유가 없었다.

이성희는 웃었다.

그 모습을 본 곤조가 의외라는 표정을 지었다.

자신의 몸을 본 여성 중에 겁을 먹지 않은 여성은 이성희가 최초였기 때문이다.

"내가 무섭지 않나?"

"무섭지 않아요."

"……."

"사람은 말과 외모가 전부가 아니란 사실을 얼마 전에 알았거든요."

"똑똑한 여자군. 조센징 치고는 말이야."

조센징이란 말이 어색하게 들렸다.

'무슨 상관이지?'

대한민국은 자신에게 해준 것이 없다. 그러므로 자신도 대한민국에게 할 일은 없다.

그것이 이성희의 생각이었다.

외모와 다르게 곤조는 상당한 규모의 무역 회사를 운영하고 있는 사업가였다. 또한 한 일심회라는 우익단체의 간부이기도 했다.

곤조의 취미는 한국인 여성을 정복하는 일이었다.

"야마토 혼이 양키의 물량에 꺾이지만 않았어도 너희 조센징은 천황 폐하의 신민으로 행복했을 거야."

이성희는 군이 곤조의 말을 부정하지 않았다.

아니, 아무래도 좋았다는 표현이 옳았다.

그녀의 목표는 곤조를 사로잡는 데 있었다.

곤조는 자신을 한 차원 높은 곳으로 데려다줄 능력이 있는 유일한 남자였다.

결국 이성희는 성공하고 말았다.

곤조는 이성희에게 록본기의 초고급 맨션을 선물해 주었다.

더 이상 일을 하지 않아도 된 이성희는 남는 시간을 자신의 머리를 채우는 데 사용했다.

책을 읽었고 여행을 다녔다.

곤조가 단순한 사업가가 아니란 사실을 깨닫는 데는 그리 오랜 시간이 걸리지 않았다.

곤조는 이성희의 집에서 은밀한 회합을 자주 가졌고 그 회

합에서는 조선이니 한국이니 하는 말들이 수시로 흘러나왔
다.

어느 날 곤조가 이성희에게 자신이 운영하는 긴자의 고급
클럽을 맡겼다.

우익 정치지망생이자 사업가가 왜 이런 가게를 운영하는
지 따위는 관심 없었다.

이것은 시험이었다.

이성희는 이 시험을 훌륭하게 통과했다.

이성희는 사람을 부릴 줄 알았다.

목적을 위해서는 수단과 방법을 가리지 않는 냉혹함도 겸
비했다.

클럽은 대성공을 거두었고 이성희는 곤조에게 인정받았
다.

곤조가 말했다.

"이제 한국으로 가. 그리고 연예 기획사를 차려. 그 연예
기획사는 조선 반도 최대의 기획사가 될 거야."

이성희는 한국으로 돌아왔다.

야망과 무제한의 자금과 폭력과 협박을 교묘하게 버무리
니 안 되는 일이 없었다.

이성희는 불과 3년 만에 SN 엔터테인먼트를 대한민국 최
대의 기획사로 키워냈다.

                    *   *   *

　곤조라는 이름을 머리에 새긴 송엽은 SN 엔터테인먼트를
빠져나왔다.

　"곤조라는 사람에 대해 알아봐."

　"존명."

　김호식의 대답은 언제나 간단해서 좋았다.

　김호식이 사라지자 송엽은 SN 엔터테인먼트 건물을 올려
다보았다.

　'진흙탕에서 핀 꽃은 겉보기는 아름다울지 몰라도 그 속을
들여다보면 지저분하게 마련이지.'

　다음 날 아침, 모든 신문과 방송들은 SN 엔터테인먼트가
자랑하는 톱스타 20명이 동시에 MS 엔터테인먼트라는 신생
기획사로 이적했음을 대서특필했다.

　그 소식이 알려지자 주당 39,000원선이던 SN 엔터테인먼
트의 주가는 단숨에 하한가로 떨어졌다.

　그만큼 시장은 톱스타의 이적 소식을 충격으로 받아들였
다.

　주가 폭락은 멈추지 않았다.

　다음 날도 그 다음 날도 하한가 행진은 이어졌다.

덕분에 8,700억 원 규모로 코스닥 상장기업중 17위였던 SN 엔터테인먼트의 주가총액은 5,900억까지 곤두박질쳤다.

단 3일 만에 시가총액의 2,800억 원이 허공으로 사라지고 여전히 폭락을 이어나가자 투자자들이 받는 위기감은 이루 형용할 수 없을 만큼 큰 것이었다.

때를 기다리던 송염은 연예 기획사 사장들에게 이성희를 찾아가도록 했다.

최고의 연예인들이 대거 빠져나간 데다 최근 이상하리만큼 급등하던 주가까지 폭락하는 통에 반쯤 정신이 나가 있던 이성희는 뜻밖의 면담 요구에 당황했다.

"사장님들께서 무슨 일로 절 만나자고 하셨습니까?"

"요즘 SN 엔터테인먼트가 힘들다는 말씀을 들었습니다. 그래서 그 문제를 해결해 드리려고 왔습니다."

이성희는 녹록한 여자가 아니었다.

오히려 무슨 말인지 모르겠다는 듯 되물었다.

"저도 모르는 힘든 일이 우리 회사에 있었던가요?"

그러나 사장들도 보통 사람들은 아니었다.

여기 모인 사장들은 SN 엔터테인먼트가 나타나기 전까지는 대한민국 연예계를 좌지우지하던 인물들이었다.

대성 기획의 송만호가 대표로 나섰다.

"아직 문제의 심각성을 모르시는 걸 보니 우리가 오길 잘했군요."

"연예인 문제 때문이라면 걱정하지 마세요. 연예인 몇 명이 문제를 일으켰다고 해서 제가 눈 하나 깜빡할 줄 아세요? 그들은 나름의 대가를 치러야 할 거예요."

"뭔가 오해를 하고 계시군요. 저희는 당신이 화를 내든 내지 않든 상관하지 않습니다."

"그럼 도대체 왜들 몰려오신 거죠?"

"이것 때문입니다."

송만호는 들고 있던 서류 가방을 열어 서류 몇 장을 꺼냈다.

"뭐죠?"

"임시 주주총회 개최를 요구하는 요구서입니다."

임시 주주총회라는 말에 서류를 살펴보던 이성희가 놀라 송만호에게 소리쳤다.

"당신이 무슨 권리로?"

"나와 여기 계신 사장님들은 SN 엔터테인먼트의 주식을 28퍼센트 보유하고 있습니다. 이 사장님이 가진 수식 17퍼센트보다 월등히 많은 주식이지요."

"⋯⋯."

이성희는 자신을 사로잡고 있던 불안감의 정체를 파악했다.

갑자기 치솟았던 주가, 약속이나 한 것처럼 동시에 빠져나
간 연예인들, 주가의 폭락, 그리고 28퍼센트나 되는 엄청난
양의 주식을 들고 나타난 사장들.

이 모든 것이 철저히 계획된 음모였다.

송만호는 초등학생에게 덧셈을 설명하듯 친절하게 이유를
설명해 주었다.

"발행주식 총수의 100분의 3 이상을 보유하고 있는 주주는
회의의 목적 사항과 소집의 이유를 기재한 서면을 이사회에
제출하여 임시총회의 소집을 청구할 수 있다는 건 알고 계시
겠죠? 저희는 대표이사이신 이 사장님께서 자신의 소임을 다
하지 못해 회사의 경영 상태가 실질적으로 악화되었다고 믿
고 있습니다."

임시 주주총회의 청구가 있으면 이사회는 지체없이 주주
총회의 소집 절차를 진행해야 한다.

거부하면?

법원의 명령을 받으면 그만이다.

"다… 당신들……."

얼마나 놀라고 화가 났는지 이성희는 말을 제대로 잇지 못
했다.

송만호가 승리자의 미소와 함께 마지막 결정타를 날렸다.

"우린 당신을 SN 엔터테인먼트의 사장 자리에서 물러나게

할 생각입니다."

그 말은 치명타로 작용했다.

이성희는 그대로 주저앉고 말았다.

사장들이 떠나고 나서도 이성희는 한참을 망부석처럼 앉아 있었다.

성이 무너지고 있었다.

그렇게 놔둘 수 없었다.

SN 엔터테인먼트는 단순한 회사가 아니라 이성희의 영혼이자 생명이다.

또한 회사가 무너지면 곤조가 자신을 결코 용서하지 않으리란 사실을 너무나 잘 알고 있는 이성희로서는 수단과 방법을 가릴 상황이 아니었다.

"내 잘못이 아냐. 너희가 날 몰아세웠어."

SN 엔터테인먼트를 빠져나온 이성희는 양평으로 차를 몰았다.

양평의 별장에는 곤조가 보내준 열 명의 남자가 머물고 있었다.

그들은 계약을 파기한 연예인들을 혼내줄 목적으로 곤조에게 부탁해서 데려온 사람들이었다.

남자들은 이성희가 공급한 연예인 지망생들과 밤낮을 가리지 않고 섹스파티를 벌이고 있었다.

이제 이들이 일을 해야 할 시간이 왔다.

'곧 정상으로 돌아갈 거야.'

먼저 모든 문제의 원인인 연예인을 처리해야 했다. 연예인들이 돌아오면 주가는 안정될 것이고 주가가 안정되면 나머지 주주들도 자신의 편을 들어줄 것이 분명했다.

'그래도 말을 듣지 않으면……'

사장 몇 명을 본보기로 처리해도 좋다.

이성희는 단지 돈과 폭력만으로 이 자리에 오른 것은 아니었다.

그녀에게는 정치계에도 많은 줄이 있었다. 물론 그 줄은 남자들이 그토록 환장하는 아름답고 젊은 여자 연예인들을 사용해 만든 것이었다.

파멸하기 싫었다.

파멸할 수 없었다.

이성희는 자신이 살아남기 위해 기꺼이 남을 해칠 준비가 되어 있었다.

*　　　*　　　*

SN 엔터테인먼트를 몰락시키기 위해 수립한 송염의 계획은 한 치의 오차도 없이 완벽하게 성공을 거두었다.

경영권을 장악하고 이성희를 몰아낸 다음, 빼돌렸던 연예인들을 복귀시킨다.

그런 다음 사태를 수습하고 사건이 세간의 뇌리에서 사라지면 소속연예인들을 타 소속사로 한두 명씩 이적시키면 이번 일은 깨끗하게 마무리된다.

"완벽했어."

이성희의 반응도 송염의 예상을 벗어나지 않았다.

일본에서 사람을 불러들였고, 이제 그 사람들을 움직이려 하고 있다.

인간은 자기 자신이 사랑스러워질 때가 있다.

무언가 이루고 싶었던 목표를 훌륭하게 달성했을 때나 착한 행동을 했을 때, 세운 계획이 완벽하게 들어맞았을 때가 그러하다.

그럴 때면 인간은 스스로에게 상을 내리곤 한다.

송염도 자신에게 상을 내리기로 했다.

"어째 병신 같은 이론이지만 한편으로 수긍이 가기도 해."

크리스티나가 송염이 구입한 크루즈 보트를 보며 소감을 피력했다.

"어쨌든 멋있고 폼 나긴 하네."

그리고 덧붙였다.

"그런데 이놈은 바다에 있어야 하는 거 아냐?"

"상관없어. 어차피 조종 면허도 없는데 뭘."

80억 원짜리 크루즈 보트는 문수파 경내에 조성한 인공호수에 장식품처럼 떠 있었다.

*　　*　　*

벌써 십수 년째 송만호는 집 근처 한강에서의 조깅으로 하루를 시작하고 있었다.

호젓하게 홀로 한강변을 달리는 이 시간을 송만호는 사랑했다.

단순히 건강만을 위해서뿐만이 아니라 대성 기획이라는 굴지의 기업을 운영하는 CEO로서 사업을 구상하고 생각을 정리하는 시간이기도 했기 때문이다.

그런데 이 평온이 깨져 버렸다.

송만호는 스트레칭을 하면서 힐끔힐끔 뒤를 살폈다.

겨우 십대를 갓 벗어나 보이는 묘령의 아가씨가 생글생글 웃으며 자신을 바라보고 있었다.

"……."

일주일 전 임영석에게 전화가 왔다.

SN 엔터테인먼트의 움직임이 심상치 않다는 전화였다. 그 이야기를 듣고 긴장하지 않았다면 거짓말이다. 이정희는 순순히 물러날 여자가 아니었다.

순순히 물러날 여자였으면 애초에 SN 엔터테인먼트를 대한민국 최고의 연예 기획사로 키우지도 못한다.

임영석은 경호원을 보내준다고 말했다.

굳이 거절할 이유를 찾지 못한 송만호는 임영석의 제안을 받아들였다.

그리고 나타난 경호원이 바로 이 아가씨다.

화가 난 송만호는 당장 임영석에게 전화를 걸어 항의를 했다.

그런 송만호에게 임영석은 아가씨가 문수파의 제자이며 엄청난 실력의 소유자라고 설명했다.

'말이 돼?'

송만호는 새삼스럽게 아가씨를 살펴보았다.

아무리 봐도 경호원이라기보다는 오히려 걸그룹 멤버로 더 적합해 보이는 귀여운 외모를 가지고 있었다.

'날 경호한다고 왔으니 조금의 실력은 있겠지. 게다가 문수파잖아.'

문수파와 문수 다이나믹스의 이야기에 흥미가 없는 한국인은 없다.

'이번에 데뷔하는 새 걸그룹에 이 아가씨를 집어넣으면?'

대박이다.

송만호는 생각을 깊이 하는 성격이 아니다. 그는 계산보다 본능으로 험난한 연예계를 헤쳐 왔다.

"지금까지 이름도 모르고 지냈네? 이름이 뭐지?"

"제 이름은 홍단이이에요, 염홍단."

"염홍단? 예쁜 이름이군."

"호호호호, 예뻐요? 어렸을 때 이름이 고스톱 같다고 얼마나 놀림을 받았는데요."

"그렇게 놀린 사람들은 상상력이 부족한 사람이야."

"우리 부모님이었어요. 제 이름은 할아버지께서 지어주셨거든요."

"……."

"호호호호, 농담이에요."

"아~ 하하하하."

볼수록 마음에 들었다.

자신의 약점을 스스럼없이 드러내고 웃음으로 승화시키는 부류의 사람은 방송에 매우 적합하다. 꾸미지 않아서 그렇지, 몸 전체에 생기 넘치는 건강미가 가득하다.

송만호는 본론으로 들어갔다.

"혹시 연예인 해볼 생각 없나?"

"없어요. 그리고 뒤로 좀 비켜주시겠어요?"

염홍단이 미소를 거두며 정색하며 대답했다.

"왜 그러나?"

"……"

대답 대신 염홍단이 송만호의 손을 잡더니 자신의 뒤로 끌어냈다.

'무슨 힘이……'

염홍단의 손은 가냘팠지만 철근처럼 강인했다.

"제 뒤에서 움직이지 마세요."

송만호에게 당부한 염홍단이 격투 자세를 취했다.

뒤를 돌아보니 검은 양복을 입은 남자 다섯 명이 목검을 들고 다가오고 있었다.

"도망치는 것이……"

"괜찮아요."

"괜찮다니… 어디가……"

염홍단이 뒤를 돌아보며 생긋 웃었다.

"정말로 괜찮아요. 대련에서 스무 명도 이겼다구요."

"대련? 그럼……"

"실전은 처음이지만요. 헤헤헤."

"……"

이런 소리를 듣고 겁이 나지 않으면 사람이 아니다.

그런데 보고도 믿을 수 없는 일이 벌어졌다.

염홍단의 몸이 살짝 움찔하나 싶더니 신형이 한 마리 종달새와 같이 사뿐히 떠올랐다.

그리고 동시에 앞으로 쏘아갔다.

남자들도 그저 그런 깡패들은 아니었는지 대처가 빨랐다.

부우우웅!

목봉이 염홍단의 머리를 향해 휘둘러졌다.

송만호는 기겁을 해 소리쳤다.

"조, 조심……."

그러나 조심이란 말은 필요 없었다.

염홍단이 휘두른 주먹이 거짓말처럼 목봉을 수수깡처럼 부러뜨리고도 모자라 남자의 관자놀이에 꽂혔다.

뻑!

눈을 뒤집은 남자가 낙엽처럼 날아갔다.

낙엽처럼 날아갔다!

이 문장은 현란한 수사를 동원한 과장이 아니었다.

정말 그랬다.

남자는 태풍에 날아가는 빨랫감처럼 나풀거리며 날아갔다.

그래서 여유롭게 서 있는 염홍단만 제외하고 송만호와 남자들이 돌처럼 딱딱하게 굳어버린 것도 무리는 아니었다.

"……."

"……."

이 행동으로 전투는 끝난 것과 다름없었다.

염홍단은 장난스럽게 이소룡처럼 오른손 엄지손가락으로 콧잔등을 튀기더니 왼손을 내밀고 손가락을 까닥거렸다.

"요오오오오옷!"

"……."

"……."

그리고 양 떼 속에 뛰어는 늑대처럼 남자들 속으로 뛰어들었다.

어린 염홍단의 움직임은 평생 한 가지 춤만 추어온 인간문화재의 춤사위처럼 아름다웠다.

불과 1분 만에 남자들이 차가운 아스팔트에 몸을 누였다.

'아니, 30초일지도…….'

염홍단이 먼지 한 톨 묻지 않은 손바닥을 털며 송만호를 바라보았다.

'아름다워.'

그 순간 송만호는 돈이 얼마 들든지 염홍단을 스카우트하고 말겠다는 결심을 했다.

그런 조만호의 마음을 아는지 모르는지 염홍단이 말했다.

"정확히 시간 맞춰 오네요."

"뭐가?"

시간 맞춰 도착한 이들은 경찰이었다.

신고를 받고 출동한 경찰은 기절해 있는 남자들이 의외로 다치지 않았다는데 한 번 놀라고 또한 그들이 일본인이란 사실에 두 번 놀랐다.

습격은 송만호 한 명에게만 일어난 것이 아니었다.

일본인들은 거의 같은 시각 동시다발적으로 톱 연예인들과 유수의 연예 기획사 사장들을 습격했다.

다행히 뛰어난 경호원들의 활약으로 피해는 없었지만 그렇다고 단순 폭행사건으로 넘어갈 수준이 아니었다.

그러나 수사는 난항에 봉착했다.

일본인들은 약속이나 한 듯 입을 다물었고 일본 영사관 직원을 불러줄 것을 요구했다.

이때 결정적인 증거물이 수사팀으로 배달되었다.

증거물은 동영상이었다.

동영상에는 일본인들의 입국 장면부터 별장에서 머무는 장면, 이성희가 별장에 들어가 그들과 대화를 나누는 장면들이 낱낱이 촬영되어 있었다.

일본인들 뒤에 이성희가 있음이 분명해졌다.

경찰은 이성희의 자택을 급습했지만 허탕을 치고 말았다.

이성희는 이미 일본으로 출국한 상태였다.

Chapter 75
일심회

침대에서 일어난 아베 곤조는 조심스러운 손길로 머리를 쓰다듬었다.

　약간은 곱슬인 풍성한 머리카락이 부드럽게 손가락 사이로 흘렀다.

　직발고의 위력은 대단했다.

　머리에 바르자마자 느낌이 오더니 불과 1주일 만에 풍성한 머리카락이 자라났다.

　"조센진이 만든 물건치고는 대단하단 말이지. 그래서 더 문제야."

조선인은 참으로 묘한 종족이다.

왕이 자신들을 버려도, 지배층이 자신들을 버려도 스스로의 힘으로 살아남는 질긴 생명력을 가지고 있다.

'바퀴벌레와 같아. 그나저나 문제야, 정말 문제야.'

곤조는 옆에 누워 있는 이성희의 나신을 쓰다듬었다. 그러자 이성희가 몸을 뒤척이며 달뜬 신음 소리를 내뱉었다.

"으으으음."

"……."

이런 반응이 정상이다.

조선인은 이 여인처럼 이렇게 쉽게 정복되는 존재여야 했다.

그런데…….

'어디서부터 잘못된 건가…….'

조직은 긴 시간 동안 조선인의 뿌리와 정신을 흐트러뜨리기 위해 많은 노력을 기울였다.

먼저 일본의 문화를 조선인들 자신도 모르게 각인시키는 작업에 들어갔다.

그 첫 번째 단계로 조직은 저작권 따위는 무시하고 일본 만화를 한국에 유포시켰다.

만화를 읽은 한국인들은 어렸을 때부터 자연스럽게 사무라이 만화를 통해서는 일본 역사를, 격투 만화를 통해서는 강자 독식의 문화를, 연예 만화를 통해서는 일본인의 인간관계를, 로봇 만화를 통해서는 일본의 뛰어난 기술력을 익히게 되었다.

만화가들은 스토리 곳곳에 군국주의의 당위성과 역사 왜곡 코드를 삽입했다.

이는 세계를 적자생존과 무한경쟁의 정글로 보는 조직의 논리를 노골적으로 반영한 것이다.

일본 만화가 충분히 침투하자 이번에는 어덜트 비디오로 통칭되는 포르노 비디오 차례였다.

이는 이상하리만큼 보수적인 한국인의 성 관념을 무너뜨리기 위한 방편이다.

이 두 가지 방법은 보기 좋게 성공을 거두었다.

원래 한국인들은 대륙적인 기질 탓인지, 미국과 마찬가지로 섹시한 남성, 여성을 좋아했다.

그런데 일본 만화와 성인 비디오가 범람하자 섹시보다는 귀여움을 좋아하는 쪽으로 변화했다.

단순해 보이지만 이는 매우 중요한 성과였다.

고등학교만 졸업해도 성인으로 인정받고 자신의 정체성을 가졌던 한국인들이다.

때문에 4.19 같은 혁명이 일어날 수 있었고 놀랍게도 이런 혁명에는 중, 고등학생같이 어린 학생들이 다수 참여했다.

이는 스스로 지배자를 끌어내려 본 적이 없는 일본 역사에서는 단 한 번 찾아볼 수 없는 한국인만의 특징이다.

그러나 이젠 상황이 다르다.

한국인들은 나이가 30이 넘은 여성 연기자의 애교를 보며 열광한다.

조직은 한국인의 정신 연령을 무려 10년 낮춰 버린 결과를 만들어낸 것이다.

성과를 만들어낸 조직은 점점 대담한 작전을 시도했다.

그들의 마수에 걸린 이들이 화교다.

처음부터 한국 사회에 적개심을 가지고 있던 화교들은 자신들이 어떤 세력의 조종을 받고 있는지도 모르고 한국 사회 내부의 갈등을 증폭시키기 위해 열심히 노력했다.

또한 조직은 엄청난 자금을 투입해 SN 엔터테인먼트를 설립했다.

동시에 일본 국내에 인위적인 한류를 불러일으켰다.

일견 손해일 것 같은 이런 계획이 추구하는 목적은 하나였다.

현대의 일본인들은 정치에 관심이 없다.

젊은 남성들은 초식동물계라고 해서 의지도, 도전도 하지 않는 나약한 인간형으로 변모해 가고 있다.

조직은 이런 현상의 원인을 일본에 적이 없어서라고 판단했다.

그렇다며 적을 만들어 주면 된다.

바로 그 적이 만만한 한국이다.

일본에 불어닥치는 한류는 당장에는 손해일 것 같지만 그 바람이 크게 불면 불수록 반발 또한 커질 것이다.

바로 헐뜯고 욕할 수 있는 적이 생기는 것이다.

한류를 좋아하는 일본인에게도 긍정적인 효과는 생겨난다. 한국 연예인이 일본인에게 재롱을 떤다는 심리적인 만족감이다.

일본인의 DNA 깊숙한 곳에는 한국에 대한 우월감이 자리잡고 있기에 가능한 심리적 변화다.

모든 계획이 순조로웠다.

한국은 나약해져 가고 있었고 일본은 우익이 힘을 얻었다.

'그런데…….'

화교들이 날아갔다.

날아간 정도가 아니라 몰락했다.

그리고 이번에는 SN 엔터테인먼트가 날아갔다.

중산클럽의 와해 때만 하더라도 한국의 정보기관이 움직였다고 생각했다.

아깝기는 하지만 아플 정도는 아니다.

이미 한국인들은 중산클럽이 불을 지피지 않아도 서로를 물어뜯느라 정신없다.

주한 일본 대사관에 파견된 내각 조사실 요원의 조사에 의하면 두 사건은 한 가지 공통점을 가지고 있다.

'문수파라……'

최근 문수란 이름이 자주 언급된다.

아니 언급되는 정도가 아니라 불과 이삼 년 사이에 문수란 이름을 모르는 세계인은 없다시피 하다.

문수파가 반일이란 사실은 곤조가 일본인이란 사실만큼이나 확실하다.

곤조는 다시 머리카락을 쓰다듬었다.

'직발고의 효능이라니……'

일본뿐만이 아니라 세계 유수의 다국적 제약회사들이 꿈꾸던 기적을 실현시킨 발모제다.

더 열받는 사실은 배터리 Z에 대한 문수 다이나믹스가 일본에 보이는 태도다.

문수 다이나믹스는 배터리 Z 제조 공장을 각국의 자동차 회사와 합작으로 전 세계적으로 세웠다.

그런데 유독 일본만은 합작 회사를 세우지 않았고 한국에서 제조한 배터리 Z를 수입하게 했다.

그나마도 도요다와 혼다 자동차로 대표되는 일본 자동차 회사들이 우익단체에 대한 지원을 끊고 재일 한국인에 대한 장학기금을 조성한다는 굴욕적인 약속을 하고서야 이뤄진 결과다.

그 정도라면 그래도 다행이다.

잠시 허리를 숙이고 이득을 얻은 다음 절치부심해서 뒤통수를 치는 것은 야마토 혼의 정수다.

그런데 일본에 공급된 배터리 Z는 다른 나라에서 제조된 배터리보다 성능이 떨어졌다.

항의도 해봤지만 문수 다이나믹스는 '그럴 리가 없다' 라는 지극히 원론적인 대답만 반복했다.

배터리 Z를 분석할 능력이 없는 일본으로서는 답답할 뿐 달리 방법이 없었다.

문수파는 더 기막힌 일도 서슴없이 저질렀다.

한국인들은 독립유공자라는 거창한 이름으로 부르지만 테러리스트가 분명한 늙은이들에게 100억 엔의 기금을 내놓은 것도 모자라 그들이 영주할 마을과 병원까지 설립했다.

생각만으로 열이 받은 곤조는 있는 힘껏 이성희의 가슴을 쥐어뜯었다.

"아악! 아… 아파요."

"……."

곤조는 이성희를 발로 차듯이 밀었다. 비키라는 뜻임은 간파한 이성희가 붉게 변한 가슴을 부여잡고 샤워실로 사라졌다.

곤조는 몸을 일으키며 시계를 보았다.

조직의 회합 시간이 얼마 남지 않았다.

'그래도……'

조센징 여자를 한 번 더 유린할 시간은 충분했다. 다시 한 번 시계를 본 곤조는 근육을 따라 꿈틀거리는 무희 문신과 함께 샤워실로 향했다.

샤워를 마친 곤조는 천황궁 인근의 한 호텔 프레지던트 스위트로 향했다.

프레지던트 스위트에는 이미 20여 명의 사내가 모여 한 사람을 기다리고 있었다.

잠시 후 문이 열리고 삼십대 후반쯤으로 보이는 왜소한 체격의 청년이 들어왔다.

서로 인사를 나누던 남자들은 일제히 기립했다.

"지사들이여, 오랜만입니다."

"전하, 옥체를 뵙습니다."

남자들이 청년을 전하라고 불렀다.

곤조도 목소리를 높여 전하를 외쳤다. 그러는 곤조의 눈빛은 이상한 열망으로 이글거리고 있었다.

외모는 보잘것없었지만 청년은 곤조를 저 높은 곳으로 이끌어줄 능력이 있는 남자였다.

'상관없지 않아?'

아니, 이끌어 주지 않아도 좋았다.

청년의 명을 따르다 부서진 옥구슬처럼 산산이 흩어져 가루가 되어도 상관없었다.

그 이유는 단순했다.

청년의 명에 따르고 그 명을 실행에 옮기는 일은 즉 천황 폐하의 명을 따르는 일과 같았다.

스스로 사무라이라고 자부하는 곤조에게 있어서 천황의 행사에 참여한다는 사실은 그 어떤 쾌락보다도 큰 희열을 가져다주고 있었다.

스무 명의 중년 남자를 쓸어보듯 바라본 다케다 쓰네야스는 선언하듯 말했다.

"천황 폐하께서는 신의 자손입니다."

다케다의 말에 남자들이 한목소리로 호응했다.

"천황 폐하 만세!, 천황 폐하 만세! 천황 폐하 만세!"

다케다 쓰네야스(竹田恒泰)는 만족스러운 얼굴로 좌중에게

앉으라는 신호를 보냈다.

이들은 다케다가 평생을 기울여 만들어낸 힘이다.

이 힘을 바탕으로 타케다는 평생의 숙원을 풀 생각이었다.

좌중을 자리에 앉게 한 다케다는 천천히 걸음을 옮겨 한쪽 벽을 모두 차지하고 있는 유리창으로 다가갔다.

창밖으로 천왕궁의 모습이 손에 잡힐 듯 가깝게 보였다.

다케다는 주먹을 불끈 쥐었다.

'천황궁으로 돌아갈 거야. 돌아가서 일본을 고조할아버지가 꿈꾸던 제국으로 만들고 말거야.'

다케다는 메이지(明治) 일왕의 고손자다.

그의 가문은 1947년 미군정에 의해 왕적을 박탈당했다. 그러나 부친인 다케다 쓰네카즈(竹田恒和)가 일본올림픽위원회 회장을 맡는 등 여전히 영향력을 유지하고 있다.

하지만 그것만으로는 부족했다.

아무리 힘이 있어도 다케다는 일반인에 불과했다.

황족과 일반인.

그사이에는 겪어보지 않은 일반인들은 절대 이해할 수 없는 영원의 간극이 존재한다.

처음부터 모르고 살았으면 평범한 생활을 할 수도 있었을지 모른다.

하지만 어린 시절 방문했던 황궁에서 받은 충격은 다케다의 뼛속 깊이 새겨져 있었다.

'황족이면서 일반인으로 살 수는 없어.'

다케다는 연인의 속살을 만지듯이 부드럽게 천황궁을 어루만졌다.

차가운 유리창이 감촉이 손가락에 느껴졌다.

투명한 유리창은 다케다의 현실을 말해주듯 그와 천황궁을 가로막고 있었다.

'나루히토 황세자……'

자신과 자신의 가문이 고귀한 황실의 일원으로 복귀할 가능성을 열어준 남자.

일본 정재계의 거물들을 모아 일심회를 만들고 회장으로 자신을 앉혀준 남자.

그 남자는 바로 차기 천황 계승 서열 1위인 나루히토 황세자였다.

한 달 전까지만 해도 모든 일은 순조롭게 흘러갔다.

다케다가 기울인 각고의 노력이 보답받는 듯했다.

황실로의 복귀가 그리 멀지 않아 보였다.

하지만 문수파의 등장은 그동안의 노력을 무너뜨리고 계획을 원점으로 돌려놓았다.

"문수파를 그대로 놔둬서는 안 되겠어요."

"혹여 생각해 두신 방법이라도 있으십니까, 전하?"

전하.

듣기 좋은 울림을 주는 단어다.

하지만 그 호칭을 붙여주는 사람은 여기 모인 사람들뿐이다.

앞으로 세상 사람 모두가 그런 울림을 주도록 해야 한다.

"조금 더 직접적으로 나가야겠어요."

"……."

다케다는 우락부락한 인상의 중년 남자를 호명했다.

"츠카사 시노부! 들으세요."

"존명!"

츠카사 시노부가 힘차게 복명하며 기립했다.

순간 곤조의 인상이 구겨졌다.

츠카사 시노부는 일본 최대의 광역 폭력 조직인 야마구치구미(山口組)의 조장이다.

즉 일본 야쿠자의 정점에 서 있는 남자다.

그러나 총도법 위반 혐의로 복역했다가 2011년 4월에 출소한 후 이빨 빠진 호랑이 신세로 전락했다는 것이 중론이다.

그 덕분에 지금까지 곤조는 다케다의 오른팔 역할을 충실히 수행해 왔다.

그런데 이번에 다케다는 곤조 대신 츠카사를 선택했다.

다케다는 그럼으로써 일본 야쿠자 조직 서열 두 번째인 스미요시카이의 회장 대리 곤조 요다를 나무라고 있는 셈이었다.

다케다의 말은 이어졌다.

"츠카사 시노부는 전력을 기울여 문수파와 문수 다이나믹스에 타격을 가하세요. 이는 천황 폐하의 명령입니다."

"죽!음!으로서 명을 받들겠습니다."

츠카사가 죽음이란 말에 유독 악센트를 주었다.

평소 사무라이 정신을 강조하는 곤조를 놀리고 있는 것이다.

이런 모욕을 받고 가만있다면 사무라이 곤조가 아니다.

"실패한 패장이 무슨 할 말이 있겠습니까."

곤조는 벌떡 일어나 평소 지니고 다니는 칼을 꺼내 들었다.

그리고 손을 테이블 위에 올려놓더니 단숨에 약지를 잘라냈다.

서걱!

"……."

"……."

곤조는 잘린 손가락을 손수건으로 집어 들어 다케다에게 내밀며 말했다.

"저의 실패에 대한 벌은 할복이 마땅하겠으나 전투 중 장수가 목숨을 내놓는 일 또한 불충! 벌은 조선 정벌이 끝난 후 다시 청하겠습니다."

감동한 다케다가 피가 철철 흐르는 곤조의 손을 잡고 흔들었다.

"장수요. 곤조 공은 폐하의 진정한 장수요."

그리고 좌중에게 말했다.

"여러분도 곤조 공의 이런 충성심을 보고 배워야 할 것이요."

"명심하겠습니다, 전하."

분위기가 고조되었다.

좌중 또한 충성심을 보여준 곤조에게 아낌없는 박수를 보냈다.

짝짝짝짝!

"천황 폐하 만세!"

"대 일본 제국 만세!"

"다케다 전하 만세!"

*　　　　*　　　　*

이성희를 따라 일본에 온 송엽은 일주일 넘게 곤조를 지켜보았다.

그리고 한 가지 결론을 내렸다.

'곤조는 이 일의 배후가 아냐.'

분명히 곤조가 회장 대리로 있는 스미요시카이(住吉會)는 일본 제2의 광역 폭력조직이자 조직원이 1만 명을 상회하는 거대 단체이긴 하다.

하지만 그렇다고 해도 일개 폭력조직이 한 국가를 상대로 그런 거대한 음모를 꾸밀 수는 없다.

송염의 예상을 정확했다.

곤조를 미행한 송염은 일심회의 회합을 목격했고 그들의 행동을 모두 지켜보았다.

배알이 꼴린다는 말이 있다.

빈정이 상한다는 말도 있다.

어떤 상황이 정말 마음에 들지 않았을 때 인간은 신체의 일부가 거북해지는 그런 변화를 느낀다.

지금 송염이 그랬다.

'때가 어느 땐데……'

21세기, 새천년이 도래한 지 벌써 몇 년이 지났는데 중세 봉건 영주들도 하지 않을 짓거리가 대명천지 동경 한복판에서 이뤄지고 있다.

송염은 본능적으로 다케다의 뒤에도 누군가 있음을 눈치

챘다.

고구마처럼 줄줄이 튀어나오는 적들에 진절머리가 났다.

하지만 뿌리를 뽑기 위해서는 달리 방법이 없어 다케다를 지켜보고 있었지만 더 이상은 참을 수 없었다.

송염은 모습을 드러내며 한껏 빈정댔다.

"꼴값을 떨어라, 꼴값을 떨어."

"……."

"……."

"……."

격정에 사로잡혀 천황과 다케다를 연호하던 일심회 회원들은 자신들의 눈을 의심했다.

허공에서 툭 떨어진 듯 나타난 송염과 크리스티나 때문이다.

그래도 우두머리라고 가장 먼저 정신을 차린 다케다가 소리쳤다.

"넌, 누구냐?"

"청소부!"

송염은 느긋하게 뒷짐을 지고 다케다에게 걸어갔다.

남자들이 송염을 막아섰다.

"어느 안전이라고……."

송염은 대꾸했다.

"어느 안전은 무슨 개뿔 같은 안전!"

"……."

"그리고 난 청소부야. 너희 같은 핵폐기물급 쓰레기를 청소하는 청소부."

발끈한 일심회 회원들이 송엽에게 달려들었다.

"이익!"

"죽어라."

송엽은 그들의 행동을 무시했다.

다 이유가 있었다.

크리스티나가 살짝 손을 흔들었다.

"페트리펙션(Petrifaction)!"

페트리펙션은 생명체를 돌처럼 굳게 만드는 석화(石化) 마법이다.

달려들던 일심회 회원들 그 자리에서 돌처럼 굳었다.

"……."

"……."

홀로 움직임이 자유로운 다케다는 기겁을 했다. 송엽이 다가가자 다케다는 좀비에게 쫓긴 엑스트라처럼 구석으로 밀려났다.

송엽은 다케다에게 물었다.

"너 어떤 '새끼'의 사주를 받은 거냐?"

새끼라는 말에 다케다는 발끈했다.

나루히토 황세자는 그에게 신과 다름없는 존재였기 때문이다.

"황세자 폐하께 새끼라니. 무엄하다."

"……."

이 자식!

바보다. 그것도 엄청난 바보다.

아니면…….

스스로에 대한 자부심이 과잉이어서 어떤 말을 해도 된다고 생각하는 인간일 수도 있었다.

자세히 보니 다케다의 눈동자가 맹렬하게 돌아가고 있었다.

아마도 자신의 말을 부정하거나 무효로 돌릴 그 어떤 방법을 찾는 듯했다.

'이 자식, 정말 바보잖아.'

일본 왕실은 너무 오랜 기간 근친결혼을 해서 씨알의 품질이 썩 좋지 않다는 말을 들은 적이 있다.

'이 자식도?'

송염은 생각을 그대로 입 밖으로 내뱉었다.

"너… 바보지?"

"아니다. 절대로 아니다."

반사적으로 다케다가 고개를 저었다.

그러나 송염은 아랑곳하지 않고 결론을 내렸다.

"격한 부정은 긍정의 다른 표현이지."

일본 왕실과 귀족의 자녀들만 다닐 수 있는 학습원대학을 최우등으로 졸업한 다케다가 바보로 전락했다.

그 모습을 보고 있던 크리스티나가 어이없다는 듯 말했다.

"지금 농담 따먹기나 하고 있을 때야? 이제 어떻게 할 건데?"

"……."

크리스티나의 말대로다.

홧김에 저질렀지만 수습이 마땅치 않았다.

사전 조사에 의하면 여기 모인 남자들은 야쿠자 조직의 두목들이거나 2차 세계대전 전범들의 후손들이 대다수다.

게다가 다케다처럼 왕족과 귀족의 작위를 찾고 싶어 하는 과거를 잊지 못하는 망령들도 섞여 있다.

나름 일본에서는 목에 힘깨나 주고 사는 자들이란 의미다.

입맛이 썼다.

"쩝～!"

이들이 저지른 일만 두고 보면 능지처참을 해도 부족하다.

그렇다고 죽여 버리자니 그 또한 찝찝한 일이다.

'그렇지만 죽이는 것보다 더 큰 충격을 주겠어.'

송염이 충격을 주고 싶어 하는 대상은 일본인이었다.

사실 대다수의 일본인은 평화를 사랑하고 친절하다. 우익들의 주장에 동조하지도 않는다.

그런데 왜 우익의 목소리가 높아지고 그들이 정권을 가지게 되는가.

이유는 단순하다.

보통의 일본인들은 정치나 역사에 대한 관심이 없다. 일본인들은 자신의 나라를 다스리는 위정자들의 행동을 철저한 무관심으로 일관한다.

그 예를 찾아보는 일은 그리 어렵지 않다.

멀리는 태평양전쟁의 끝을 알리는 핵폭탄이 히로시마와 나가사키에 터졌을 때도, 가까이는 지진으로 후쿠시마에서 원자력 발전소가 무너져 내려 방사능이 누출되고 있을 때도 일본인들은 침묵했다.

'한국이라면?'

난리가 났을 것이다. 한국인들은 머리에 띠를 질끈 동여매고 국회의사당으로, 청와대로 달려가 자신의 주장을 소리 높여 외쳤을 것이다.

일견 한국인의 대응이 일본인에 비해 소란스러워 보이지만 송염은 바로 그 점이 민주주의라고 생각했다.

민주주의는 소란스러운 법이다.

그런 측면에서 보면 일본은 민주주의 국가가 아니다. 최소한 일본인의 머릿속은 아직도 영주에게 절대 충성을 바치던 중세 봉건 시대에 머물러 있었다.

'불의에 침묵하는 자는 악의 편이지.'

송염은 침묵 혹은 무관심 또한 죄라고 생각했다.

죄는 응징 받아야 한다.

송염은 즉각 한 가지 방법을 생각해냈다.

'생각해 놓고 나니 너무 좋잖아?'

송염은 자신도 모르게 기쁨의 웃음을 터뜨렸다.

"크크크크."

다케다는 송염의 표정과 웃음소리에서 한기를 느꼈다.

'저 남자는 무언가 터무니없는 짓을 저지르려 하고 있어.'

이제야 정신이 돌아왔다.

생각해 보면 이 남자는 인간이 할 수 없는 일을 저질렀다.

허공에서 솟아나듯 나타났고 인간을 마네킹처럼 굳게 만들었다.

송염의 능력을 인식하는 순간 공포가 다케다를 사로잡았다. 다케다는 쓰러지듯 주저앉고 말았다.

Chapter 76
응징

Buffer

대한민국에서 가장 유동 인구가 많은 장소는 명동 일대로 하루 유동 인구가 평일은 100만 명, 공휴일은 200만 명에 달한다.

하지만 이런 명동도 일본 동경 시부야에 비하면 조족지혈에 불과하다.

시부야는 세계에서 가장 유동 인구가 많은 장소 중 한곳으로 평일에만 무려 400만 명이 이곳을 방문한다.

유동 인구가 많은 만큼 시부야는 구경거리도 많다.

그중 유명한 것이 죽은 주인을 못 잊어 매일 시부야 역 앞

에 나와 주인을 기다렸다는 아키타 견 하치를 기려 공(公)의
존칭을 붙여 동상까지 세웠다는 이야기가 전해지는 하치공
[はち公]의 동상이다.

그래서 하치코의 동상 앞은 일본인이라면 모르는 사람이
없는 약속장소이기도 하다.

하치코의 동상만큼 유명한 시부야의 명물은 역 앞 사거리
에 자리 잡은 횡단보도다.

일본을 소개하는 영상에 빠지지 않고 등장하는 이 횡단보
도는 교차로를 사각형으로 둘러싸는 것을 넘어 대각선까지
이어지고 하루 24시간 인파로 넘실댄다.

하루 종일 인파로 넘실대는 시부야에서 가장 사람이 많은
시간은 단연 출근과 퇴근 무렵이다.

그런데 그날 퇴근 무렵, 횡단보도를 건너던 사람들의 걸음
이 동영상의 일시정지 버튼을 누른 것처럼 멈춰 섰다.

"저…… . 저거 뭐지?"

"사람아냐?"

"무슨 예술 퍼포먼스인가?"

"예술은 무슨…… . 저 자세 좀 보라고."

"미친놈들…… ."

"여기가 게이바인 줄 아나?"

"마약을 한 것이 분명해."

사람들의 발걸음을 붙잡은 것은 사거리 한복판에 나타난 일단의 남자들이었다.

남자들은 모두 알몸이었고 서로서로 성행위를 연상시키는 자세로 기묘하게 얽혀 있었다.

"더러워, 얼른 가자."

"잠깐만 사진 좀 찍자. 페이스북에 올려야지."

"그래? 그럼 나도 동영상 찍어서 니코 동화에 올릴래."

멈춰 선 일본인들은 사진과 동영상을 마구 찍어대기 시작했다.

남의 일에 참견하길 싫어하는 일본인의 국민성을 보여주듯 경찰에 신고하거나 석상처럼 멈춰 서 있는 그들의 몸을 가려주는 사람은 단 한 명도 없었다.

그렇게 얼마간의 시간이 흘렀다.

사거리가 마비되자 문제를 해결하기 위해 경찰들이 달려왔다.

젊고 나이 든 두 경찰은 인파를 밀쳐 내고 남자들에게 다가갔다.

공연을 알리기 위한 퍼포먼스 정도로 상황을 판단한 젊은 경찰은 남자들에게 물었다.

"당신들 뭡니까? 허가는 받았습니까?"

"……."

대답이 없었다.

젊은 경찰은 다시 물었다.

"허가가 없으면 공연음란죄로 체포될 수 있습니다."

"⋯⋯."

역시나 대답이 없었다.

살짝 화가 난 젊은 경찰은 다시 말했다.

"현 상황에 대한 경찰의 질문에 불응하는 것은 공무집행방해가 될 수 있습니다. 차후 법정에서 당신들에게 매우 불리하게 작용할 수 있으니 대답하는 것이 좋을 겁니다."

"⋯⋯."

남자들은 여전히 대답이 없었다.

대답은커녕 눈빛 한 번 맞추려 하지 않고 딴청만 부릴 뿐이었다.

약간 고지식한 편인 젊은 경찰은 남자들이 공권력에 대해 도전을 하고 있다고 생각했다.

더불어 구경하고 있는 일반인들의 시선이 창피하기도 했다.

"당신들을 체포⋯⋯."

그의 말을 끝까지 이어지지 못했다.

뒤에서 구경하고 있던 나이 든 경찰관이 나신의 남자들 중 한 명의 얼굴을 알아보고 젊은 경찰의 말을 끊었다.

"저 남자, 나 알아."

"안다고요?"

"그래, 츠카사 시노부야."

"츠카사 시노부?"

"야마구치구미의 조장 말야."

"……."

그러고 보니 젊은 경찰의 눈에도 낯이 익은 남자가 있었다.

춤을 추는 나신의 무희 문신이 온몸을 휘감고 있는 남자.

"스미요시카이 회장 대리 곤조 요다."

그리고 또 한 명.

개와 같은 자세로 두 손과 두발을 아스팔트에 대고 곤조 요
다의 국부에 머리를 처박고 있는 남자의 얼굴은 두 경찰이 동
시에 알아보았다.

그 남자는 최근 젊은층으로부터 각광을 받고 있는 전 황족
출신의 정치평론가이자 우익 조직인 일심회의 회장 다케다
쓰네야스였다.

나이든 경찰은 망연자실해 정복 웃도리를 벗어 다케다의
몸을 감싸며 말했다.

"세상에……. 빨리 본부에 연락해."

"……."

보고를 받은 도쿄도를 관할하는 경시청은 다케다라는 이

름에 주목했다.

다케다는 비록 황족은 아니지만 그가 황족이었음을 내세워 인지도를 얻은 만큼 이번 사건을 바라보는 사람은 누구나 황실을 떠올릴 터였다.

황실은 일본인에 있어 신성불가침의 존재다. 황족과 연관이 있는 사람이 일개 야쿠자의 국부에 머리를 처박고 있는 사실 자체가 치욕이다.

경시청은 즉각 상급기관인 일본 경찰청에 이 사실을 알리는 한편 수십 명의 경찰과 버스를 파견해 시부야 교차로 일대를 봉쇄하고 명령을 기다렸다.

일본 경찰청의 반응도 빨랐다.

메뉴얼화되지 않은 사건이 발생하면 허둥대며 갈팡질팡하기로 유명한 일본의 관료조직이 이번만큼은 빛의 속도로 움직였다.

경찰청은 즉각 이 사건의 관할부서라고 할 수 있는 황궁 경찰본부에 이 사실을 알렸다.

다케다란 이름이 황궁의 보안과 경비를 전담하고 있는 황궁 경찰본부에 준 충격은 대단한 것이었다.

황궁 경찰본부에서는 궁내부에 이 사실을 통보하고 합동으로 사태수습에 나섰다.

우선 일심회 회원들을 동경도 미슈쿠에 있는 자위대 중앙 병원으로 옮기도록 했다.

그리고 각 언론사에 사건에 대한 보도 통제를 요청했다.

황실이란 단어는 마법과 같은 효과를 발휘했다.

평소에도 황실에 부정적인 기사는 쓰지 않은 것이 불문율로 자리 잡고 있는 언론사들은 일제히 침묵에 들어갔다.

하지만 SNS를 중심으로 퍼져 나가고 있는 동영상과 사진까지 막을 수는 없었다.

*　　　*　　　*

일심회 회원들을 검사한 자위대 의사들은 그들이 돌처럼 굳은 이유를 찾지 못해 당황해했다.

뇌파를 검사해 본 의사는 단언했다.

"확실한 사실은 이들의 의식에는 아무 문제가 없습니다."

일심회 회원들은 물리적으로 굳어 있을 뿐 내장의 움직임이나 정신 상태는 정상인과 다름없다는 의미다.

더 정밀한 검사가 필요하다고 판단한 의사는 일심회 회원들을 대상으로 조직검사와 병리검사 그리고 CT 촬영들을 실시했다.

검사 결과가 나올 때까지는 시간이 필요했다.

일심회 회원들은 별도 건물에 마련된 병실로 옮겨졌다. 당연히 그 건물은 자위대원들이 철저하게 감시하고 있었다.

다케다는 혀를 깨물고 죽고 싶었다.

시부야 한복판에 나체로 떨어진 것만도 충분히 치욕스러운 일인데 거기다 냄새나는 곤조의 양물을 입으로 물고 있었다.

성질 같아서는 곤조의 양물을 깨물어 잘라 버리고 싶었지만 딱딱하게 굳어 버린 입은 그 시도조차 할 수 없게 만들었다.

그래도 다행인 점은 있었다.

금발머리의 마녀는 정확히 12시간 뒤면 마비가 풀릴 것이라고 말했다.

'하지만……'

그 뒤에 이어진 마녀의 말이 문제였다.

"너희 다음은 나루히토와 이키히토 차례야."

절대로 인정하고 싶지 않지만 동양 남자와 백인 여자는 충분히 그럴 능력을 보유하고 있었다.

그들은 마치 마법사처럼 몸을 투명하게 만들었고 하늘을

날았으며 자신을 비롯한 일심회 회원들을 돌처럼 굳게 만들었다.

아무리 생각해도 남녀는 인간이 아닌 존재들이었다.

'어떤 수를 써서라도 알려야 해. 천황 폐하가 그런 치욕을 당하게 만들어서는 안 돼.'

그러나 방법이 없었다. 돌처럼 굳은 몸은 다케다의 의지마저 구속하고 있는 중이었다.

다케다가 필사적으로 시간을 헤아리고 있을 때 문이 열리더니 일단의 의사들이 들어왔다.

"일종의 사후 경직 상태와 비슷합니다."

"하지만 신경과 내부 기관은 모두 정상적으로 움직입니다."

"교감 신경을 제외한 부교감 신경만 선택적으로 마비시킬 수 있는 약물이 있을까요?"

"부분 마취라면 가능하지요."

"하지만 이들은 마취 상태가 아닙니다. 방금 나온 결과를 보면 그 어떤 약물 반응도 나오지 않았습니다."

"그렇다면 일종의 전신마비 증세 아닐까요?"

"그 또한 아닙니다. CT와 MRI 결과는 이들의 신경계와 척추에 손상이 없음을 알려주고 있습니다."

"그렇다면 뭐란 말입니까? 원인을 파악하지 못하면 치료도 불가능합니다."

"확실한 것은 이들을 이렇게 만든 것은 어떤 사람이나 조직이라는 점입니다. 이들이 시부야에서 발견되었다는 사실을 잊지 말아주십시오."

"경찰들도 황당해하더군요. CCTV 판독 결과 허공에서 뚝 떨어지는 것처럼 나타났답니다."

"그럴 리야 있겠습니까? 이들을 이렇게 만든 조직의 해킹 같은 것이겠죠."

중구난방으로 의견이 쏟아져 나왔다.

하지만 의사들은 이들을 이렇게 만든 어떤 원인도 찾아낼 수 없었다.

결론도 내릴 수 없었다.

의사들의 대화를 듣고 있던 한 노의사가 말했다. 그가 입을 열자 모두 그에게 집중하는 것으로 보아 노의사는 의사들의 리더 격인 인물이 분명해 보였다.

"이번 사건은 황궁에서도 지대한 관심을 가지고 있습니다. 아시겠지만 저 남자 때문이죠."

"……"

노의사가 가리킨 사람은 당연히 다케다였다.

"시간이 없습니다. 우린 특단의 조치를 취하지 않으면 안

됩니다."

워낙에 목격자가 많아 더 이상 보도 관제를 실시하기도 어려워지는 실정이었다.

이미 자위대 중앙병원 앞에는 냄새를 맡고 몰려든 기자들로 북새통이었다.

대형 언론사들이야 황궁의 요청에 화답했지만 문제는 인터넷에 널려 있는 작은 언론사와 프리랜서 사진 기자들이었다.

그들은 자사와 자신의 이름을 알리고 돈을 벌기 위해서는 그 어떤 짓이라도 저지를 준비가 되어 있었다.

실례로 조금 전 한 르포라이터가 중앙병원 담장을 넘다가 구금되기도 했다.

사정을 잘 알고 있는 의사들이 고개를 끄덕였다.

노의사는 선언하듯 말했다.

"그래서 제안합니다. 저들 중 한 명을 갈라봅시다."

"……."

"눈으로 보는 것 이상으로 확실한 것은 없습니다. 안 그렇습니까?"

당연한 말이다. 아무리 기술이 발달했다 하더라도 숙련된 의사가 직접 눈으로 보는 것 이상의 진단 방법은 없다.

의사들은 노 의사의 말에 전적으로 수긍했다.

다케다는 일심회 회원 한 명을 들것에 싣고 나가는 모습을 바라보고 있을 수밖에 없었다.

'저들은 지사야. 돼지처럼 해부하면 안 돼. 조금만, 조금만 더 기다리면 된다고!'

하지만 최대한 긍정적으로 판단해도 마비된 지 6시간이 넘지 않았다.

마비가 풀리려면 아직 6시간이 더 필요하다.

'크으으윽!'

뭐하나 제대로 되는 일이 없는 하루였다.

하지만 신은 다케다의 편이었다.

결정적인 순간에 아마테라스 오오가미가 다케다의 바람을 들어주었다.

몸이 움직였다.

다케다는 곤조의 양물을 뱉어버리고 소리쳤다.

"아, 안 돼!"

다케다의 외마디 비명을 들은 의사들이 멈춰 섰다.

"움직였어. 세상에······."

"다케다 님을 확인해. 그리고 다른 사람들도!"

결론적으로 움직인 사람은 다케다 혼자뿐이었다.

다케다는 자신을 진찰하려는 의사들을 뿌리치며 소리쳤다.

"황궁에 연락을… 빨리……."

　방 한구석에서 이 모습을 보고 있던 송염은 기가 차다 못해
토하고 싶은 심정이었다.

　'731부대가 달리 나온 게 아냐.'

　황궁을 위해서라면 무엇이든 할 수 있는 인간이 여기에도
있다.

　계획대로라면 충분히 고통을 준 후 황궁에 경각심을 불러
일으키려 했다.

　하지만 저들은 일심회 회원 한 명을 돼지 도살하듯 해부하
려 했다.

　차마 그 모습을 견디지 못하고 계획보다 빨리 다케다의 마
비를 풀어줬지만 마음 같아서는 이 방에 있는 모든 사람들을
도륙해 버리고 싶은 심정이었다.

　송염은 마음을 다잡았다.

　그리고 다짐했다.

　'죽음보다 더한 충격을 열도에 주지. 기대하라고.'

　송염은 일본인들의 머릿속에서 천왕의 존재를 지워 버릴
생각이었다.

＊　　　＊　　　＊

다케다의 보고는 경악할 만한 내용을 담고 있었지만 황궁의 반응은 차가웠다.

"다케다가 미쳤어. 그런 망측한 일이 벌어질 리 없잖아!"

대다수의 황궁 관계자들은 그렇게 단언했지만 단 한 사람만은 그렇지 않았다.

"천황 폐하의 옥체에 단 1마이크로미터의 흠집이라도 생긴다면 우린 모두 할복해야 한다."

황궁을 경비하는 황궁 경찰본부 본부장인 황궁 경시감 와다나베 히로는 자신을 일본 최후의 사무라이라고 자부하는 인물이었다.

그는 다른 사람들의 말을 콧등으로 튕겨 듣고 황궁 경찰 병력을 비상 대기시켰다.

하지만 그의 노력은 보상받지 못했다.

다케다가 황궁에 대한 위협을 경고한 바로 그날 밤 황태자 나루히토 앞에 송엽이 나타났다.

송엽은 정교한 수천 송이의 국화 무늬로 장식된 침대에서 잠을 자고 있는 남녀를 무심한 눈빛으로 바라보았다.

잠을 자고 있는 남녀는 나루히토 황세자와 미치코 황세자비였다.

송엽은 다케다에게 경고한 대로 나루히토 황세자를 납치(!)하기 위해 황세자 부부가 거주하고 있는 아카사카의 동궁어소로 잠입했다.

증강된 병력이 동궁어소를 철저하게 경비하고 있었지만 송엽에게는 아무런 문제가 되지 않았다.

가벼운 떨림이 느껴졌다.

그도 그럴 것이 일국의 왕자, 그것도 한국과는 수천 년 동안 악연으로 이어진 일본의 왕자에게 송엽은 진실을 물을 참이었다.

크리스티나가 물었다.

"정말 저지를 거야?"

"당연하지. 마음 같아서는 그냥 단칼에 죽여 버리고 싶을 지경이라구."

"아~ 몰라 마음대로 해. 하지만 여자는 안 돼."

"알았어. 미치코 황세자비에게 마법을 걸어."

크리스티나가 미치코 황세자비에게 딥슬립 마법을 걸고 나자 송엽은 나루히토 황세자의 뺨을 때렸다.

"일어나. 일어나."

"끄응!"

자고 있다가 날벼락을 맞은 나루히토가 비명 소리와 함께 눈을 떴다.

나루히토는 자신을 물끄러미 바라보고 있는 남자를 발견했다.

"너, 넌 누구냐?"

송염은 자신의 정체를 밝힐 생각이 없었다.

"알 것 없고 옷을 입는 것이 좋을 거야. 나랑 좀 가줘야겠거든!"

"이런…… . 미친놈. 여봐라. 아무도 없느냐?"

나루히토가 소리쳤다.

그 목소리는 우렁찼고 기백이 넘쳤다.

그러나 그 목소리에 대한 반응은 전무했다.

"여봐라, 여기 무도한 놈들이 침입했다! 여봐라!"

송염은 시큰둥하게 대꾸했다.

"다들 자고 있어. 그러니 얼른 옷을 입어. 그대로 가도 난 상관없지만 창피할 것 아냐?"

"여봐라, 여봐라. …… ."

"참 상황 파악이 느린 놈이네."

"…… ."

그제야 나루히토는 무언가 잘못됐다는 사실을 깨달았다.

아무리 고함을 쳐도 오늘 오후 두 배로 인원을 보강해 대폭 경비를 강화시킨 황궁 경찰은 한 명도 달려오지 않았다.

그뿐만 아니라 그 소란 속에서도 바로 옆에서 자고 있는 미치코 황세자비도 깨어나지 않았다.

"……??!!"

비로소 나루히토는 송염이 누군지 알아차렸다.

"넌, 다케다를……."

"후훗, 완전히 멍청한 놈은 아니군. 하긴 그러니 그런 속 검은 짓을 서슴지 않고 저질렀지."

송염은 나루히토가 열심히 눈알을 굴리는 모습을 흥미롭게 지켜보았다.

'죽겠지? 죽어봐. 네 자존심을 바닥까지 긁어 본색을 드러 나게 해줄 테니.'

아니나 다를까, 나루히토가 움직였다.

나루히토의 목표는 송염이 아니라 벽에 걸려 있는 장식용 검이었다.

몸을 굴려 장식용 검을 잡은 나루히토가 파안대소했다.

"감히 여기가 어디라고! 짐을 능멸한 죄 죽음으로 사죄해라."

송염과 크리스티나는 약속이나 한 것처럼 웃음을 터뜨렸다.

벌거벗은 나루히토가 검을 들고 있는 모습은 그만큼 웃기고 기괴하기까지 했다.

"…크크크큭."

"호호호호, 너무 작아, 작아도 너무 작아."

크리스티나가 손가락질까지 하며 지적한 것은 나루히토의 키가 아니라 다리 사이에서 덜렁거리고 있는 그것이었다.

두 사람의 웃음소리에 발끈한 나루히토가 송염을 향해 검을 휘둘렀다.

"죽어!"

휘둘러진 검이 정확하게 송염의 목에 적중했다.

송염의 목이 하늘로 날아오를 것을 확신한 나루히토가 득의의 미소를 지었다.

그러나 다음 순간 나루히토의 미소가 사라졌다.

깡!

검은 돌에라도 부딪친 것처럼 튕겨 나왔다.

송염은 나루히토의 면상에 주먹을 날리며 말했다.

"하여튼 요즘 애들은 말로 하면 안 들어요."

"내가 너보다……"

서른 살은 많다고 말하려던 나루히토는 눈에 번개가 침을 느끼며 기절했다.

나루히토가 정신을 차린 장소는 놀랍게도 황거의 한 건물 응접실이었다.

"여, 여긴… 선대 천황 폐하가 거하시던 후키아게 오미야 어소. 어… 어떻게……."

나루히토가 선황이라고 말한 이는 쇼와 천황, 즉 히로히토다.

히로히토는 이곳 후키아게 오미야 어소에서 죽었다.

그후 후키아게 오미야 어소는 히로히토의 부인이자 황비였던 고준 황비가 살다가 그녀가 죽은 후 비어 있는 상태였다.

송염이 이곳을 나루히토의 정신 교육 장소로 삼은 이유는 단순했다.

후키아게 오미야 어소에서 죽은 히로히토는 태평양전쟁의 원흉이자 한민족의 원수다.

히로히토는 일본이 태평양전쟁에서 패한 후 전범으로 죽었어야 했다. 그러나 그는 일본을 손쉽게 지배하려는 미국에 의해 살아남았다.

그 덕분에 일본은 진정으로 반성할 기회를 놓쳤다.

"자식이 잘못하면 부모가 욕을 먹는 법이야. 마찬가지로 부모가 잘못하면 자식이 그 책임을 져야지. 그런데 너희 집안은 세트로 모조리 잘못을 했네?'

"……."

송염은 응접실 한편에 걸려 있는 히로히토의 사진을 가리키며 말했다.

"이제부터 난 네 할아버지가 보는 앞에서 너에게 벌을 내릴 거야. 그러니 열심히, 성실하게, 진심을 다해서 벌을 받길 바라."

"……."

나루히토는 절망했다.

자신을 납치한 사람은 인간이 아니었다.

인간이라면 삼엄한 경비를 뚫고 무려 황거 안으로 자신을 운반할 순 없다.

더 큰 문제는 정체불명의 남자가 조선인 특유의 억양으로 어눌하지만 정확한 일본어를 하고 있다는 사실이었다.

여자는 몰라도 최소한 남자는 한국인이 분명했다.

'조센진이 감히 나를?'

이대로 당할 수는 없다고 결심한 나루히토는 반항했다.

"내가 무슨 죄를 졌다는 말이냐?"

송염은 나루히토의 질문에 대답하지 않았다.

대신 단 한마디만을 던지고 매타작을 시작했다.

"조금 있으면 네 스스로 네 죄를 말하게 될 거야."

픽!

송염의 장담은 정확했다.

세 시간 넘게 이어진 매타작이 만든 결과는 스스로 자랑스러워 할 만큼 효과적이었다.

퍽!

나루히토가 알몸으로 허공을 날아 벽에 부딪쳤다.

비명을 지를 틈도 없이 나루히토가 얼른 일어나 열중쉬어 자세로 꼿꼿하게 섰다.

송염은 비릿한 웃음을 지으며 말했다.

"이제 조금 빠릿해졌군."

"……"

처음부터 나루히토가 이렇게 말을 잘 들은 것은 아니었다.

나루히토는 송염의 폭력에 나름 열심히 저항했다.

그러나 나루히토는 어쩔 수 없는 상속받은 권력자의 속성을 가지고 있었다.

상속받은 권력자의 속성은 단순했다.

본질적으로 그들은 폭력을 휘두르는 일에는 전문가였다. 폭력을 당하는 사람이 당하는 고통이나 아픔에 대한 연민을 가지지 않아서다.

그들은 불행한 사람을 이해하지 못한다.

그들은 가난한 사람을 이해하지 못한다.

그들은 좌절한 사람을 이해하지 못한다.

자신들이 그런 고통을 경험한 적이 없으니 남의 고통을 이해할 리 없다.

반면 자신이 당하는 폭력에도 한없이 약하다.

남의 고통을 이해하지 못하는 이유와 마찬가지로 스스로 고통을 경험한 적이 없어서다.

나루히토도 그 범주를 벗어나지 못했다.

나루히토는 송염이 휘두르는 폭력 앞에 그의 할아버지 히로히토가 미국의 거대한 폭력에 무릎을 꿇었듯이 철저하게 무너져 내렸다.

"나는 조센진들의 정기를……."

"나는? 조센진? 아직 덜 맞았구나. 너?"

송염은 화도 내지 않았다.

그저 감정 없이 무표정한 표정으로 기계적으로 폭력을 휘두를 뿐이었다.

퍽!

"크억!"

퍼퍽!

"끄억!"

나루히토는 저 정체 모를 남자가 자신을 문자 그대로 때려 죽일 것임을 확신했다.

'죽일 거야. 날 지렁이를 밟아 비비듯이 죽일 거야.'

살아남기 위해 나루히토가 할 수 있는 선택은 오직 한 가지였다.

'최선을 다해… 공손하게… 진실을…….'

다행히 나루히토는 자신에게 공손하게 굴던 일심회 회원들의 표정과 어투를 기억하고 있었다.

"아닙니다. 저는 조선인들의 정기를 혼탁하게 만들기 위해……."

나루히토는 자신이 연기할 수 있는 최대한의 공경을 담아 자신이 했던 일들을 모조리 털어놓기 시작했다.

송염은 나루히토가 머리를 굴릴 약간의 틈도 허용하지 않았다.

'개자식, 아니, 개자식이라고 부르면 강아지가 서운해 하지. 이 자식은 개만도 못한 놈이야.'

중간중간 말문이 막히거나 망설이는 구석이 있으면 송염은 서슴없이 폭력을 휘둘렀다.

Chapter 77
비열한 음모

Buffer

　나루히토 황세자는 자신이 계승할 천황위가 찬란히 빛나
길 원했다.

　그러나 지금의 일본으로는 자신의 꿈을 이루는 일이 불가
능했다.

　일본은 세계 최대의 재정 적자 국가다. 그것도 그 적자 규
모가 1경3천400조 원에 달하는 천문학적인 규모다.

　물론 이 적자의 대부분은 일본 정부에서 발행한 국채를 팔
아 충당했고, 그 국채의 대부분을 일본인이 구입했기 때문에
외국에서 돈을 빌려 재정이 파탄나는 다른 나라와는 상황이

사뭇 다르다.

하지만 아이러니하게도 바로 이 국채의 대부분을 일본인이 가지고 있다는 점이 나루히토 황세자를 불안하게 만들고 있었다.

일본은 초고령화 사회다.

일본 인구의 절반 이상이 60세 이상의 노인들이다. 바로 이 노인들이 국채를 가지고 있다. 노인들은 국채와 현금, 부동산 등의 자산 대부분을 틀어쥐고 죽을 날만을 기다리고 있다.

돈을 가진 노인들은 모험을 두려워한다.

그저 가진 돈으로 죽을 때까지 평화롭게 살 수 있으면 된다는 생각뿐이다.

노인들의 안정지향적인 생각은 젊은이들에게 절대로 넘을 수 없는 장벽으로 작용했다.

젊은이들은 좌절했다.

성공도 바라지 않았고 특별히 직장을 가져 결혼하겠다는 생각도 버렸다.

젊은이들은 돈을 가진 부모가 죽기만을 기다리며 하루하루를 자신이 좋아하는 분야에 함몰하며 버텨 나갈 뿐이었다.

이 현상이 바로 오타쿠의 탄생이다.

나루히토 황세자는 이런 현상을 용납할 수 없었다.

대화혼을 가진 남자는 2차원 만화 속의 캐릭터를 사랑해서
는 안 되는 것이다.

일본 젊은이들이 자신들의 힘을 깨달을 무언가가 필요했
다.

결론은 간단했다.

적!

바로 적의 존재가 젊은이들을 각성시킨다.

태평양전쟁 당시 미국처럼 적이 너무 강해도 안 된다.

호랑이가 반쯤 죽여놓은 멧돼지로 자식의 사냥을 가르치
듯 이왕이면 강한 적보다는 적당히 비웃을 수 있는 존재가 좋
았다.

다행히 일본에는 그런 적이 있었다.

역사를 돌이켜 볼 때 일본에 문제가 있을 때마다 그 화풀이
대상이 되어주던 만만하고 허접한 나라.

바로 조선이다.

이젠 이름이 대한민국으로 바뀌었지만 역사상 일본에 있
어 조선의 위치는 한 번도 변하지 않았다.

아니, 변한 적이 없었다.

나루히토 황세자는 다시 대한민국을 이용하기로 했다.

언제나 그렇듯이 대한민국은 나루히토 황세자의 손에서
놀아났다.

대한민국의 대 일본 무역수지 적자 규모는 매년 커져 갔고 고착화되어 갔다.

경제의 예속 다음은 당연히 정신의 예속이다.

사실 이 부분은 경제보다 더 손쉬운 일이었다.

한국인들은 어린아이 시절은 일본 만화를 보고 커서는 일본 AV에 열광한다.

이제 한국 젊은이들은 기본적으로 반일이지만 아랫도리만큼은 친일이라는 말을 서슴지 않는다.

정신과 육체의 불협화음은 심리적 장벽의 붕괴를 초래했다.

이에 더해 조력자도 충실했다.

대한민국의 상층부, 권력층, 재벌들은 청산되지 않는 과거의 덕을 본 사람들이 대부분이었다.

그들의 자기 합리화는 나루히토 황세자 스스로도 놀랄 만큼 대단했다.

―일본의 지배 덕분에 조선이 근대국가로 발돋움할 수 있었다.

권력자와 지식인들의 반복되는 주장은 부정으로 일관하던 한국인들의 마음에 의심의 씨앗을 심었다.

"혹시 정말 그런 것 아냐?"

"저렇게 잘난 사람들의 말이잖아."

"그럴 수도 있지 않을까?"

의심의 씨앗은 점점 자라나 그 세력을 넓혀갔다.

일은 순조롭게 흘러갔다. 대한민국은 세대 간, 계층 간, 노소 간, 남녀 간, 지역 간, 이념 간의 갈등으로 갈기갈기 찢어져 산산이 부서져 내렸다.

나루히토 황세자는 만족했다.

조선인은 처음부터 이 정도였다는 자신의 예상이 너무 잘 들어맞아 웃기기까지 했다.

그런데 바로 그때 생각도 못했던 변수가 등장했다.

바로 문수파다.

최근 몇 년 사이 급속하게 성장한 문수파와 문수 다이나믹스는 누구도 예상해 보지 못한 방법으로 나루히토 황세자의 계획에 찬물을 끼얹었다.

문수파는 엄청난 금액을 독립유공자 단체에 쏟아부었다.

이런 행동은 한국인들 마음 한구석 저편에 자리 잡고 있던 콤플렉스를 건드렸다.

한국인들은 자신들이 독립유공자들에게 지고 있던 마음의 빚을 문수파가 갚아주었다고 생각했다.

하지만 그것으로는 부족했다.

빚을 갚은 것은 문수파지, 한국인 스스로가 아니었다.

한국인들은 자신들의 합리화할 구멍을 찾기 시작했다.

그렇게 해서 찾아낸 합리화 방법이 바로 문수파와 자신들과의 동일화였다.

한국인들은 문수파를 유구한 문화이자 선의 상징으로 받아들였다.

특히 배터리 Z가 필요한 일본의 자동차 회사가 문수파에 굴복해 머리를 숙이는 모습을 본 한국인들은 두 손을 들어 열광했다.

이제 문수파는 그 이름만으로 존재만으로도 한국인들의 자긍심을 높이는 존재였다.

나루히토의 증언이 끝나자 송염은 허공에 대고 손을 퉁겼다.

"찍었어?"

"응, 잘 나왔어."

신기루처럼 나타난 크리스티나가 비디오카메라를 들고 방긋 웃었다.

크리스티나와 비디오카메라를 본 나루히토 황세자는 지옥의 수문장과 키스라도 한 표정이었다.

'대적할 수 없어. 저들은 인간이 아니야.'

나루히토 황세자는 자신이 결코 벗어날 수 없는 절망의 구렁텅이에 빠졌음을 절실히 실감하고 좌절했다.

송염은 나루히토의 절망을 음미하면서도 한편으로 씁쓸한 마음을 감추지 못하고 있었다.

당초 계획대로라면 방금 찍은 비디오를 유튜브에 올려 일본과 일본 왕실 그리고 일본 국민들의 도덕성에 막대한 타격을 주려 했다.

'하지만 그랬다가는 오히려 한국인들의 멍청함과 부도덕성, 노예 의식만 세상에 알리는 꼴이 되지 않을까?'

국제사회는 힘이 모든 것을 이야기해 주는 정글과 같은 세상이다.

'미국도 우방국 정상의 대화를 도청했어. 이는 일본이 한국에 저지른 만행과 비견될 만큼 부도덕한 행위야. 하지만 미국이 입은 타격은 공허한 비난 몇 마디뿐에 지나지 않았어.'

지금은 엉망진창 보랏빛으로 부어오른 얼굴로 애원하고 있는 나루히토 황세자지만 당장 비디오가 공개되면 수단과 방법을 가리지 않고 사실을 부정할 것이다.

그리고 나루히토 황세자의 부정은 효과가 있을 것이다.

'더 열받는 점은 한국인들의 예상되는 반응이야. 당장은

일본을 욕하겠지만 그런 반응은 어디까지나 일시적인 것일
뿐, 이후로도 여전히 일본 AV와 애니메이션을 보고 일본 만
화를 읽고 스시와 라멘을 처먹겠지.'

송염은 이를 악물었다.

'틈을 주면 안 돼. 몰아쳐야 해.'

송염은 발로 나루히토를 툭툭 차며 말했다.

"살고 싶어?"

"네, 네. 살고 싶습니다."

맞아 죽을지도 모른다는 공포에 휩싸여 있던 나루히토 황
세자는 송염이 던진 썩은 동아줄을 덥석 잡았다.

송염은 핸드폰을 나루히토 황세자에게 던졌다.

"좋아, 살려주지. 하지만 네 부하들은 아냐. 부하들은 네
스스로 처리해."

"부하들을 말씀이십니까?"

나루히토 황세자의 질문에 대한 송염의 대답은 폭력이었
다.

퍽!

"꾸엑!"

퍼퍽!

"끄억! 살… 살려… 살려주세요."

노란 위액을 토해내며 나루히토 황세자가 벌레처럼 꿈틀

거렸다.

"두 번 말하지 않아. 어차피 너도 만일을 대비해 꼬리를 자를 계획은 세워뒀을 것 아냐."

"네, 네."

방어 기제를 넘어서는 과도한 폭력은 나루히토 황세자의 사고 회로를 마비시켰다.

나루히토 황세자는 떨리는 손가락으로 몇 번이나 실수를 하면서 전화를 걸었다.

전화가 연결되었다.

나루히토 황세자는 울부짖듯 전화기에 대고 소리쳤다.

"일심회, 모두 처리해? 말 못 알아들어? 죽이라고, 죽여. 지금 당장. 처리하고 바로 전화해. 결과를 기다리고 있겠다."

전화를 끊은 나루히토 황세자가 칭찬을 기다리는 강아지처럼 송염을 바라보았다.

하지만 정작 송염은 나루히토 황세자가 아무리 꼬리를 흔들어도 그의 기대에 호응해 줄 생각이 조금도 없었다.

다음 날 새벽.

신주쿠의 한 마사지 업소에서 불이 났다는 신고가 소방서에 접수되었다.

긴급하게 출동한 소방대원들은 신고가 허위임을 발견했다.

마사지 업소에서 발생한 연기는 불이 아닌 누군가 터뜨린 연막탄이 뿜어낸 것이었다.

다행히 불은 나지 않았지만 군용 연막탄이 발견된 것도 그냥 넘어갈 수 있는 문제는 아니었다.

허위 신고와 동시에 화재 경보가 울려 대다수의 손님과 여성들이 빠져나온 터라 마사지 업소는 텅텅 비어 있었다.

하지만 소방관들은 절차에 따라 경찰과 함께 마사지 업소를 수색했다.

그리고 그 과정에서 가장 안쪽의 은밀한 룸에서 한 남성을 발견했다. 남성은 마약에 취해 세 명의 벌거벗은 남성들과 뒤엉켜 있었다.

그 모습은 전형적인 동성애자의 난교 파티로 보였다. 이들을 발견한 경찰과 소방관들도 처음에는 그렇게 판단하고 풍속문란과 마약 투약 혐의로 그들을 구속하려 했다.

그런데 소방관 한 명이 문제의 남성의 얼굴을 알아봤다.

남성은 나루히토 황세자였다.

Chapter 78
몰락

왕위 계승서열 1위의 나루히토 황세자가 마약을 투약하고 세 명과 동시에 남색을 했다.

　이에 더해 마사지 업소의 CCTV 영상이 누군가에 의해 유출되었다.

　그 추한 영상을 목도한 일본인들도 하나같이 나루히토 황세자가 신성한 천황의 위에 올라서는 안 된다고 말했다.

　다케다의 경우에서 보듯 황실 문제는 침묵으로 일관했던 언론들도 이번만큼은 그럴 수 없었다.

　이는 일본 황실의 정통성에 관계된 문제였다.

보도는 조심스럽게 이뤄졌다.

　—황위에 대한 부담이 작용한 듯 보여……

　—황실 의료진 관계자는 황세자께서 3년 전부터 극도의 스트레스에 시달렸고 정신 분열 증세를 보이셨다고……

　—궁내성 관계자는 황위 계승서열 2위인 아키시노노미야(秋篠宮) 친왕께서 황세자의 위를 계승할 수도 있다고 밝혀……

　나루히토 황세자는 자신이 정체를 알 수 없는 인물에 납치되어 폭행당했다고 주장했지만 이 말을 믿어주는 사람은 아무도 없었다.

　그도 그럴 것이 언론에서 차기 황태자로 언급된 이키시노노미야 친왕 즉 후미히토 친왕은 원래부터 일본인들에게 인기가 높았다.

　먼저 후미히토 친왕은 공주만 한 명뿐인 나루히토 황세자와 달리 공주 두 명과 황위 계승 서열 3위이자 황가의 유일한 적통인 히사히토의 아버지였다.

　또한 황손도 생산하지 못한 황세자비 미사토가 날카로운 성격에 우울증까지 앓았고, 또한 사치스러운 행동으로 인기가 없는 반면에, 후미히코 친왕의 비 기코는 전형적인 일본 여인상을 보여주어 대중적인 인기가 높았다.

이런저런 이유로 일본인들은 쉽게 언론의 주장에 납득했다.

아니, 납득하고 싶어 했는지도 몰랐다.

그만큼 일본 왕실은 일본인들에게는 절대로 더럽혀져서는 안 되는 신성불가침의 존재였다.

여론이 나루히토 황세자의 폐위로 쏠리자 황실도 반응했다.

아키히토 천황은 국민들에게 나루히토 황세자가 지병으로 더 이상 황세자의 직무를 수행할 수 없다고 선언했고 다음 황세자로 후미히토 친왕을 선택했다.

성대한 즉위식이 열리고 후미히토 친왕이 황세자의 위에 올랐다.

일본인들은 새로운 황세자의 등장에 환호했다.

이미 일본인들의 뇌리 속에는 나루히토라는 이름은 사라진 지 오래였다. 평민으로 강등된 나루히토는 엄중한 정신 병동에서 평생을 갇혀 지내야 했다.

이런 일련의 사태의 원흉인 송엽은 한마디를 남겼다.

"역시 일본인들은 자신들에게 불리한 진실은 존재하지 않았던 일처럼 치부해 버리는 종족 특성을 가지고 있어."

일본인들은 새로 등극한 황세자가 불미스러운 황실의 스

캔들을 잠재우고 위대한 일본의 상징이 되리라 믿어 의심하지 않았다.

하지만 그런 일본인들의 소망은 송염에 의해 처참하게 무너졌다.

성대한 즉위식이 열린 바로 그날 밤, 송염은 다시 후미히토 황세자를 납치했다.

* * *

가쿠슈인(學習院)은 일본에서도 매우 특별한 학교다.

일본의 황족과 귀족의 자녀들은 카쿠슈인 유아원에 들어가 초등과, 중등과, 고등과를 거쳐 대학까지 한 울타리에서 모든 교육 과정을 엘리베이터식으로 이수한다.

나루히토 전 황세자를 비롯해 현 황세자인 후미히토 그리고 두 사람의 딸도 모두 이 학교 졸업생이거나 다니고 있는 것만 보아도 일본에서 가쿠슈인이 가지는 위상을 알 수 있다.

그런 위상에 걸맞게 가쿠슈인의 아침은 고급 승용차들에서 내린 학생들의 등교로 시작된다.

학생들이 등교를 하면 운전사들은 삼삼오오 모여 잡담을 나눈다.

귀족 가문의 고용인으로 살아가는 운전사들에게 이 시간

은 하루 중 유일하게 휴식을 취할 수 있는 시간이다.

황족과 귀족들의 고용인답게 운전사들은 일반인은 모르는 고급 정보들을 많이 알고 있는 운전자들의 대화 주제는 단연 후미히토 황세자 이야기였다.

"후미히토 황세자께서는 아직 소식이 없나 봐?"

"이틀쨀가?"

"그렇지, 즉위식 당일 밤 사라지셨으니⋯⋯."

"납치일까?"

"아냐, 친필로 바람을 쐬러 나가신다고 메모를 남기셨다고 하더라구."

"아무래도 압박감이 크셨겠지. 전 황태자께서 그런 식으로 물러나셨으니⋯⋯."

"마음의 준비를 할 시간이 부족했을 거야."

"하긴, 천황이란 자리가 보통 자리도 아니고⋯⋯."

"우리 같은 범인은 상상할 수도 없는 압박이 있겠지."

"그런데⋯ 어? 저 사람 뭐지?"

운전사 한 명이 가쿠슈인 여중등과 정문을 가리켰다.

감청색 세라복에 붉은 머플러가 특징적인 가쿠슈인 여중등과 교복을 입은 여학생들 사이에 한 남자가 서 있는 모습이 보였다.

남자는 무더운 날씨에 걸맞지 않게 옅은 황토빛 바바리코트를 입고 있었다.

"가만… 혹시??!!"

"바바리맨이야. 막아야 해."

운전사들은 너 나 할 것 없이 정문으로 달렸다.

정문 안에서도 수위들이 호각을 불며 달려 나오는 모습이 보였다.

하지만 운전사들과 수위들은 남자가 바바리코트를 벗는 것을 막지 못했다.

"꺄아아악!"

"꺄아악!"

여학생들이 비명을 지르며 고개를 돌렸다.

가장 먼저 도착한 운전사가 남자를 덮쳤다.

"이 미친 놈."

"여기가 어디라고!"

운전사들은 바바리맨 남자에게 마구잡이로 폭력을 휘둘렀다.

뒷일을 걱정할 필요도 없었다.

전철에 뛰어들어 자살한 사람의 가족에게 3,000만 원 가까운 벌금을 부과하는 나라가 일본이다.

남에게 폐를 끼치는 사람은 일본에서 절대로 존중받지 못한다.

그 폐가 죽음으로 나타나도 그 점에는 변하지 않았다.

하물며, 이 바바리맨은 고귀한 황족과 귀족들의 자녀들에게 불경한 짓을 저질렀다.

보통의 일본인은 물론 경찰과 언론도 이 남자의 편은 없다.

퍽!

"컥!"

퍼퍽!

"크억!"

그런데 열심히 주먹을 날리던 운전사 한 명이 움찔했다.

"잠, 잠깐만……."

"왜 그러는데?"

"이… 이 남자 말야."

"이 남자가 뭐?"

"황세자 전하를 닮지 않았어?"

"무슨 말도 안 되는… 황세자 전하가 바바리맨일 리가 없잖아."

"나도 그렇게는 생각하는데… 잘 봐."

"……??!!!"

"……??!!"

단순히 닮았다고만 보기에는 바바리맨은 너무도 후미히토 황세자와 흡사한 외모를 가지고 있었다.

"설마……."

"설마가 아냐……."

가쿠슈인 여중등부 교문 앞에서 여학생들을 대상으로 바바리맨을 한 남자는 후미히토 황세자였다.

나루히토에 이어 후미히토까지 미쳤다.

이 소식을 접한 일본인들은 태평양전쟁 당시 미국에게 원자폭탄 두 발을 얻어맞고 1945년 8월 15일 히로히토가 패전을 선언했을 때와 비견될 만큼 엄청난 충격에 휩싸였다.

자연스럽게 일본인들의 시선은 이제 천황가의 유일한 남자이자 왕위 계승자인 히사히토에게 쏠렸고, 일본 네티즌들은 각종 게시판에서 갑론을박을 벌렸다.

—천황 폐하의 나이가 올해 80세, 히사히토 황손의 나이 겨우 7살.

—걱정이야. 걱정.

—게다가 두 황세자가 미쳐 버리는 바람에 천황 폐하께서 쓰러지셨다고 하잖아.

—덴노헤이카 반자이!

—넷우익은 꺼져라.

―황손이 성년이 될 때까지만이라도 정정하게 버텨주셨으
면 좋으련만.

―그렇긴 하지. 하지만 그렇다고 해도 문제가 모두 살아지
는 건 아냐. 생각해 보라고. 아버지, 큰아버지가 모두 돌았잖
아. 정신병은 유전이란 말이 있어.

―천황께 불경한 언사를 행하는 놈은 모두 조센진이다.

―어디서 넷우익이 멍멍하고 짖네.

―하여튼 넷우익 놈들은 입만 살아서……

―솔직히 7살짜리 꼬마에게 천황이라고 고개는 못 숙이겠
다.

―그야 그렇지. 현 천황 폐하야 우리가 어렸을 때부터 천황
이니 그러려니 했지만 황손은 이야기가 다르지.

―조센진은 반도로 돌아가라.

―걱정이다, 걱정.

모든 일이 계획대로 순조롭게 흘러갔다.

이를 지켜보던 송염은 이제 일본의 심장에 최후의 일격을
날릴 시간이 왔음을 직감했다.

*   *   *

잠을 이루지 못한 아키히토 천황은 어소(御所:고쇼)의 베란다로 나와 구실잣밤나무, 붉가시나무 등 상록수와 은행나무, 느티나무 등이 무성하게 우거진 후키아게 정원을 바라보았다.

도쿄 만에서 짠 기를 머금은 시원한 바람이 불어와 나뭇잎을 부드럽게 흔들었다.

한가롭고 여유로운 풍경이었지만 아키히토 천황은 그 바람에서 스산함과 음산함을 동시에 느꼈다.

'이런 기분이 드는 이유는 내 마음이 흔들려서겠지. 80 평생을 살아오면서 요즘처럼 힘든 적이 있었던가?

최근 일주일 동안 벌어진 사건들은 아키히토 천황에게는 견디기 힘든 시련의 연속이었다.

'그러나……'

아키히토 천황은 주먹을 불끈 쥐었다.

아키히토!

자신이 누구던가.

'난 천조대신 아마테라스 오오가미의 직계 후손이자 대일본제국 125대 천황이다.'

아키히토 천황은 선선대와 선대 천황들을 떠올렸다.

선선대 천황 즉 아키히토의 할아버지는 막부의 위세에 눌려 이름뿐이던 천황의 위를, 실질적인 절대군주의 자리로 만든 메이지 천황이다.

그리고 선대 천황이자 아버지는 서양 제국주의와 맞서 대동아 공영권을 주창하며 아시아를 재패했던 히로히토 천황이다.

그런 위대한 천황들의 후손이자 현세에 존재하는 살아 있는 신이 바로…….

'그 신이 바로 나다.'

이 이름을 지키기 위해 태평양 전쟁 과정에서 수백만 명의 백성들이 옥쇄했다.

'그나마 다행인가.'

아직 후미히토가 남긴 히사히토가 남아 있다.

히사히토는 아직 나이는 어리지만 어엿한 황실의 적통이다. 그가 있어 만세일계(万世一系)의 피는 끊어지지 않을 것이다.

아키히토 천황은 두 아들을 머리에서 지워 버렸다.

그 과정은 무척 간단하게 이뤄졌다.

―군왕은 군림하는 자지, 연민하는 자가 아니다.

아키히토 천황이 부친 히로히토 천황에게 배운 금언이다.

이제 이 금언을 받아 대 일본제국을 통치할 자는 히사히토다.

마음이 풀린 아키히토 천황은 속내를 입 밖으로 내뱉었다.

"일본 열도에 신풍(神風:가미가제)이 잦아들지 않았음이
야."

결코 대답을 바라는 말은 아니었다.

그런데 대답하는 목소리가 들렸다.

아키히토 천황은 목소리를 향해 고개를 돌렸다.

언제부터였을까?

건장한 청년과 금발의 미인이 베란다에 서 있었다.

아키히토 천황은 청년과 금발의 미인의 발치에 웅크리고
있는 검은 덩어리 두 개를 발견했다.

놀랍게도 검은 덩어리는 두 명의 인간이었다.

끄<u>으으웅!</u>

<u>끄으으으웅!</u>

기괴한 광경이었다.

인간이 개처럼 네발로 앉아 역시 개처럼 뼈다귀를 물고 있
었다.

아키히토 천황은 그들을 알아보았다.

"……??!!"

그리고 절망했다.

알몸으로 개를 흉내 내고 있는 인간들은 나루히토와 후미

히토였다.

*　　　*　　　*

송염은 대답했다.

"아니, 신풍은 멈췄어. 네 아버지 히로히토가 가미가제라는 말을 앞세워 자신의 백성들을 사지로 내몬 바로 그 순간 말야."

아키히토가 무너져 내렸다.

그 모습을 보자 가슴 한구석을 틀어막고 있던 멍울이 쑥 빠져나가는 것 같았다.

한국인에게 천황이란 존재는 악마와 동급의 존재다.

고유명사인 천황 혹은 덴노라는 칭호를 애써 일왕이라 부르는 행위가 달리 나온 것이 아니다.

그런 천황이 괴로워하고 있다.

'이 아니 좋을쏘냐.'

그래도 지금은 웃을 수 없었다.

속 시원하게 두 왕자를 처리하고 났더니 생각지도 않은 문제가 튀어나왔다.

아키히토가 덜컥 죽어버리면 히사히토가 황제가 된다.

여기까지는 상관없다.

그러나 그다음이 문제다.

'7살짜리가 말야. 그런 꼬마에게 과거사에 대해 사죄하라고 하면 오히려 우리가 속 좁은 놈이 되고 만다구. 하여튼 쪽발이들은 일생에 도움이 안 돼.'

무너져 내린 아키히토에게 치명타를 날려 사죄를 받아낼 찬스는 지금뿐이다.

"…어, 어떻게?"

"어떻게? 이 상황에서 이유가 중요하나? 현실 감각이 제로군?"

송염은 발로 나루히토를 툭툭 차며 말했다.

그때마다 나루히토가 움찔거렸다.

폭력에 본능적으로 반응하는 품새가 거의 파블로프의 개 수준이다.

그 모습을 본 아키히토 천황이 몸을 일으켰다.

얼마나 입술을 깨물었는지 아키히토 천황의 입술에서 핏물이 흐르는 모습이 보였다.

아키히토 천황의 얼굴은 비장하다 못해 처절하기까지 했다.

"하긴, 어차피 그 아이들은 잊은 지 오래. 혹여 그 아이들을 인질로 날 겁박하려 한다면 처음부터 포기하는 것이 좋아."

늙은 생강의 발악은 통하지 않았다.

송염은 마음껏 아키히토 천황을 비웃어주었다.

"꼴값을 해요, 꼭. 하긴 그런 심보를 가졌으니 자기 나라 국민 수백만 명을 전쟁에 내몰아 몰살시켰지. 하지만 어떡하누……."

송염은 손가락을 튀겼다.

딱!

그러자 환상처럼 소년이 허공에 모습을 드러냈다.

소년은 아키히토 천황의 마지막 보루인 히사히토였다. 히사히토는 죽은 듯 잠들어 있었다.

"이, 익! 히사히토……."

아키히토 천황이 피를 토했다.

"…이, 이놈이……. 넌 누구냐?"

"빨리도 물어본다. 내가 누구냐고? 일본 왕가의 맥을 끊으러 온 저승사자다."

"…이, 이놈~! 그래도 난 굽히지 못한다. 아들이 없으면 딸을, 딸이 없으면 손녀를 천황으로 세우면 그만인 것을!"

"그러든지. 난 상관없어."

송염은 다시 손가락을 튀겼다.

그러자 다시 한 번 허공에서 사람들이 나타났다.

아키히토 천황은 이번에도 그들을 알아볼 수 있었다.

"미치코! 사야코! 아이코! 마코! 가코!"

나타난 사람들은 다섯 명 모두 여자로 미치코는 두말할 나위 없이 아키히토 천황의 부인이자 황후이다.

사야코는 아키히토 천황의 유일한 딸이다.

현재는 토쿄도 공무원인 쿠로다 요시키(黒田慶樹)와 결혼해 황족에서 서민으로 내려오는 이른바 강적(降籍:코세키)을 했다.

아이코는 나루히토의 유일한 딸이고 마코와 가코는 히사히토와 더불어 후미히토의 두 딸이다.

즉, 여기 모여 있는 사람들은 아키히토 천황 가계의 전부이다.

겨우 세웠던 무릎을 다시 접은 아키히토 천황이 울먹이며 물었다.

"나에게, 우리에게 황가에 무슨 원한이 있어 이러는 게냐."

"그러는 너와 네 일족, 네 민족은 무슨 원한이 있어 타국을 침략했던 것이냐. 그 과정에서 죄없는 사람들이 수백만 단위로 죽었다. 다 업보라고 생각해라."

아키히토 천황의 반응은 격렬했다.

"모두가 서양의 침략으로부터 동양을 지키기 위한 일이었다. 대동아공영권으로 단합했다면 동양은 서양이 수탈에서 벗어날 수 있었다."

"누구 마음대로?"

"뭐라?"

"그러니까 누가 그래달라고 했냐고? 네가 뭔데 그런 결정을 내리는데?"

"나는 만세일계를 내려온 신의 자손이다."

미친놈이다.

완전히 미친놈이다.

'하긴 여든 살 동안 스스로를 신으로 생각하고 살아온 놈인데 그런 생각이 쉽게 바뀌진 않겠지.'

귀찮았지만 송염은 반박을 시작했다.

"하여튼 일생이 거짓말이야. 거짓말을 100번 하면 거짓이 사실로 변하나?"

"무슨 망발이냐?"

"만세일계는 무슨 똥 같은 만세일계냐? 우선 너부터 보자. 너 히로히토의 아들 아니잖아."

"……."

기세등등하던 아키히토 천황이 입을 다물었다.

송염의 말이 거짓이 아니기 때문이다.

일본 황실의 계승과 황족의 계보를 기록한 일종의 족보인 코토부(皇統譜)에는 아키히토가 전 천황인 124대 쇼와천황(昭和天皇) 히로히토(裕仁)와 황후 쿠니노미야 나가코(久邇宮良

子)의 장남으로 기록되어 있다.

하지만 실제 가계는 큐슈와 오키나와 일대에 해당하는 사츠마(薩摩)의 귀족인 시마즈(島津)이다.

"네 증조할아버지 메이지는 오무로(大室) 가계고 네 할아버지 타이쇼는 오쿠마(大畏) 가계, 네 아버지 히로히토는 다시 오무로, 넌 시마즈잖아. 만세일계? 어디서 개소리야?"

"⋯⋯."

"아무도 언급하지 않는다고 해서 거짓이 진실이 되진 않아. 너희 쪽발이 족속들의 종족 특성이긴 하지만 해도 해도 너무하잖아."

송염의 공격은 멈추지 않고 계속되었다.

"하긴, 이런 말도 필요없지. 난 오늘 천황의 가계를 역사에서 지워 버릴 생각이니까."

"⋯그, 그런⋯⋯."

"네가 던져 버린 두 아들 꼬락서니를 보면서도 내 말이 거짓말 같아?"

"⋯⋯."

아버지와 어머니, 여동생과 자식들 앞에서 뼈다귀를 물고 눈물을 흘리고 있는 아들들의 모습에서 아키히토 천황은 흥분해 망각하고 있던 공포를 떠올렸다.

달빛에 비쳐 하얗게 빛나는 이빨을 드러내며 웃고 있는 청년은 어떻게 생각하더라도 인간일 수가 없었다.

허공에 두둥실 떠 있는 금발 미녀도 인간이 아니었다.

이들은 인간의 힘으로 대적할 수 없는 그 무엇이었다.

아키히토 천황은 결코 이길 수 없는 강력한 대상을 마주하고 있음을 인정했다.

인정하는 순간 변화는 빠르게 일어났다.

그 변화의 시작은 정중해진 말투였다.

"내게 원하시는 바를 알려주십시오. 명심해 따르겠습니다."

"……."

송염은 달라진 어투와 함께 허리까지 90도로 숙인 아키히토 천황을 걷어차고 싶은 욕구를 억지로 참아 눌러야 했다.

'강자에게 한없이 굴종하고 약자에게 악마보다 더 잔인해지는 습성. 이들은 절대로 변하지 않을지도 모르겠어.'

하지만 일본인은 변해야 한다.

변하지 않으면 변하게 만들어줄 것이다.

송염은 그렇게 결심했다.

밟을 때는 확실하게 밟아야 한다.

송염은 아키히토 천황 일가를 황거의 가장 큰 건물인 정전(正殿:세이덴)의 솔의 방[松之間:마쓰노마]으로 옮겼다.

솔의 방은 황거에서 가장 격식이 높은 방으로 신년축하의례, 신임식, 행정·사법수반 임명식, 훈장친수식, 궁중행사 등의 의례를 행하는 공간으로 사용되는 장소였다.

지금까지는 잠자코 송염의 행동만 보고 있던 크리스티나가 입을 열었다.

"여기서 뭘 하려고?"

"항복 선언을 받으려고!"

"세상에……. 꼬마들 납치한 일도 마음에 걸리는데… 너무 심하게 하는 것 아냐?"

"그보다 더한 일도 할 수 있어. 이놈들은 우리나라의 황녀를 데려다가 괴롭혀서 정신병이 들게 만든 놈들이야. 솔직히 이놈들 전부 납치해서 토굴에 가둬놓고 마늘하고 쑥만 주고 싶은 심정이라구."

"마늘 하고 쑥?"

"저놈들은 인간이 아니니 마늘 하고 쑥을 먹고 인간이 되라는 의미지."

"……."

"내가 그렇게 하지 않은 이유는 단 한 가지야. 내가 바로 인간이기 때문이지."

"저놈들하고 같은 레벨에서 놀고 싶지 않다는 의미?"

"맞아."

송염은 아키히토 천황에게 직접 자신의 용포를 가져오게 한 다음 그 용포를 바닥에 깔고 그 위에 섰다.

아키히토 천황에게는 미리 준비해 온 거친 삼베옷을 입히고 머리를 헝클어뜨리게 했다.

팔순 노인이 삼베옷을 입고 머리를 헝클어뜨린 모습이 보기 좋진 않았다.

그러나 송염은 약해지는 마음을 억지로 다잡으며 생각했다.

'너희에게 철저한 굴종을 맛보게 해줄 거야. 이 굴종은 단순히 나의 만족 때문은 아니야. 비명에 사그라진 선조들에게 바치는 진혼곡일 뿐이지.'

아키히토 천황은 순순히 송염의 명령에 따랐다.

완벽한 복종은 아니었다.

아키히토 천황은 피를 토하는 심정으로 복수를 다짐했다.

'지금은 웃게 해주마, 인간이 아닌 자여. 대화혼은 순간의 굴복에 지지 않는다. 미국에게 그랬듯이, 언젠가 너의 뒤에 있을 것이 분명한 조선에 수백 배 피의 복수를 해주마.'

송염이 이런 아키히토 천황의 검은 속을 모를 리 없다.

'넌 군왕의 자격이 없어. 살아남기 위해 스스로 명예를 저버린 자는 결코 군왕이 될 수 없거든. 이제 이 순간부터 일본인과 천황 간에는 회복할 수 없는 간극이 생길 거고 바로 그

간극이 너희가 그렇게도 즐겨 말하는 대화혼과 야마토혼의
종말을 야기할 거야.'

그러기 위해서는 우선 아키히토 천황을 완벽하게 굴복시
켜야 한다.

송염이 선택한 방법은 삼궤구고두례(三跪九叩頭礼)였다.

삼궤두고두례는 병자호란 당시 인조가 삼전도에서 청나라
에게 당한 치욕이다.

준비가 끝나자 송염은 용포를 밟고 섰다.

머리를 헝클어뜨린 아키히토 천황이 다가오자 크리스티나
가 소리쳤다.

"궤(跪)!"

호령과 함께 아키히토 천황이 무릎을 꿇었다.

크리스티나가 또 소리쳤다.

"일고두(一叩頭)!"

아키히토 천황은 잠시 멈칫거리더니 엎드린 채로 머리를
솔의 방의 화려한 대리석 바닥에 박치기하듯 찧었다.

꽝!

"재고두(再叩頭!)"

꽝!

"삼고두(三叩頭)!"

꽝!

아키히토 천황의 머리에서 피가 흐르기 시작했다.

크리스티나가 송염을 바라보았다.

송염은 완고하게 고개를 저었다.

어쩔 수 없다는 듯 크리스티나가 다시 소리쳤다.

"기(起)!"

아키히토 천황이 비틀거리면서 겨우 일어났다.

그 모습을 본 천황 일가가 울부짖었다.

하지만 그들의 목소리는 입 밖으로 나오지 않았다.

크리스티나가 다시 외쳤다.

"궤(跪)!"

다시 시작된 명령으로 아키히토 천황은 세 번 머리를 찧기를 두 번 더 반복해 모두 아홉 번을 찧었다.

아키히토 천황이 몸을 일으키는 것으로 삼궤두고두례가 모두 끝났다.

Chapter 79
외통수

Buffer

삼궤두고두례는 끝났지만 모든 일이 마무리된 것은 아니었다.

송염은 아키히토 천황이 해야 할 일들의 리스트를 넘겨주었다.

한 줄 한 줄 리스트를 읽어가는 아키히토 천황의 눈빛은 격렬하게 흔들렸다.

"……"

송염은 이죽거렸다.

"지키지 않아도 좋아. 솔직히 말해서 난 네가 이 리스트를 지키지 않았으면 좋겠어. 그러면 이렇게 복잡하게 일을 진행할 필요도 없잖아. 확! 모조리 죽여 버리면 그만인 것을. 얼마나 편하고 간단해? 안 그래?"

"……."

송염은 천황 일가를 정전의 밖으로 이동시켰다.

"너의 일족은 당해봐야 이해하는 원숭이 아이큐를 가지고 있더라고. 그래서 혹여 노파심에서 한 가지만 더 보여주지."

송염은 자신이 가진 만렙의 버프를 모조리 크리스티나에게 쏟아부었다.

버프를 받은 크리스티나의 신형이 시야에서 꺼지듯 사라졌다.

"……."

"……."

천황일족이 사라진 크리스티나의 신형을 찾아 두리번거렸다.

송염은 손으로 하늘을 가리켰다.

"하늘을 봐."

"……."

"……."

천황 일가의 시선이 송염의 손가락을 따라 하늘로 향했다.

그들은 어느 사이엔가 하늘로 이동해 떠 있는 크리스티나의 모습을 보고 대경실색했다.

놀라움은 끝이 아니라 시작이었다.

허공으로 떠오른 크리스티나의 손에서 불덩어리가 만들어졌다.

처음에는 탁구공 크기였던 불덩어리는 끝 간 데 없이 부풀어 올라 종국에는 애드벌룬만 하게 커졌다.

"너희가 어떤 장소에 있든, 어떤 보호를 받고 있던 나에게는 아무런 문제가 되지 않아. 머리가 있으면 생각해 보라구. 이 난리를 치고 있는데 네 신하들은 한 명도 달려오지 않잖아."

"……."

"……."

마지막으로 천황 일가의 기를 꺾어준 송엽은 크리스티나에게 손짓을 했다.

신호를 받은 크리스티나가 불덩어리를 정전을 향해 던졌다.

천황 일가가 나지막하게 비명을 질렀다.

"아……."

"안 돼……."

두둥실 날아간 불덩어리가 정전 지붕에 부딪쳤다.

정전은 요시무라 준조가 설계해 철골철근구조로 지상 2층,

지하 1층, 총면적 22,949 평방미터로 지어져 1969년 4월부터 사용되어 온 일본의 심장이다.

즉 고전적인 목조 건축물이 아니라 현대적인 콘크리트 건물이다.

그런 정전이 소리도 없이 진동도 없이 문자 그대로 아이스크림처럼 녹아내렸다.

"원숭이 머리로는 무리일지 모르지만 상상은 해볼 수 있도록! 너희가 내 말을 안 들었을 경우 벌어질 일에 대해서 말이야."

"⋯⋯."

"⋯⋯."

마지막 말을 마친 송염은 크리스티나와 함께 모습을 감추었다.

두 사람이 사라진 황거에 남은 천황일족에게 남은 것은 비탄과 포기 그리고 분노의 감정이었다.

"아바마마⋯⋯."

"아바마마⋯⋯."

나루히토와 후미히토가 아키히토 천황에게 다가가 울부짖었다.

아키히토 천황은 그런 아들들에게 말했다.

"어쩔 수 없다. 지금은 허리를 굽히고 강자에게 따를 때다."

"아바마마……."

"아바마마……."

"하지만!"

아키히토 천황이 노구를 일으켰다.

"언제나 그랬듯이 우리는 다시 일어난다. 다시 일어나서 일본의 위대함을 조선인들에게 보여줄 것이다."

"당연합니다."

"그래야지요."

천황 일가가 복수를 다짐하고 있을 때 송염이 다시 나타났다.

"하여튼 이 족속들은 배신이 습관이야, 습관!"

송염은 천황 부자의 뒤통수를 사정없이 후려갈겼다.

쾅!

"악!"

쾅!

"꾸엑!"

쾅!

"으악!"

다채로운 비명 소리와 함께 천황 일가가 앞으로 고꾸라

졌다.

송염은 매정하게 말했다.

"몇 초나 지났다고 이 지랄이야, 이 지랄이. 크리스틴!"

"알았어, 오빠."

크리스티나는 초거대 파이어 볼을 난사하기 시작했다.

불덩어리들이 황거의 건물들에 부딪칠 때마다 웅장한 건물들이 증발하며 녹아내렸다.

불과 몇 분 만에 황거를 원자폭탄 폭심지로 만들어버린 송염은 자신의 눈과 천황 일가를 번갈아 가리키며 말했다.

"항상 지켜보고 있다. 잘해라, 경고는 한 번뿐이야."

"……."

"……."

"……."

"대답 안 해?"

평생을 명령만 내리며 살아온 사람들에게 명령을 받는 경험은 생소한 것이지만 천황 일가는 의외로 빠르게 현실에 적응했다.

"네."

"네."

"네."

송염은 천황 일가를 마지막으로 째려본 다음 크리스티나

와 함께 파티 포탈을 이용해 문수파로 이동했다.

남은 천황 일가의 몰골은 가관이었다.

절반은 속옷 차림이었고 절반은 알몸인 채로 부들부들 떨며 서로를 바라보았다.

그래도 정신을 가장 먼저 차린 사람은 나루히토였다.

"아바마마, 자리를 옮기시지요."

"그, 그러자꾸나."

천황 일가는 화마의 변을 입지 않은 궁내청 건물을 향해 천천히 걸음을 옮겼다.

걷다 보니 울화통이 터진 나루히토가 화를 엉뚱한 곳에 풀어냈다.

"황가가 이런 수난을 격고 있는데 신하라는 작자들은 도대체 뭘 하고 있기에 코빼기도 안 보인단 말입니까."

후미히토도 거들었다.

"이런 치욕을 당하게 된 원인은 신하들의 안일한 대처 때문입니다. 메이지 천황 제위 당시에는 생각도 못할 일 아닙니까. 대정봉환을 주창한 유신지사들이 무덤을 박차고 뛰어나올 일입니다."

아키히토 천황은 그런 두 아들을 한심하다는 듯 바라본 후 말했다.

"집도 절도 다 잃어버린 주제에 신하들 탓을 하겠다는 말이냐? 그렇다가 신하마저 잃어버리고 길거리에 나앉으려고?"

"……."

"……."

"자중하거라. 지금은 납작 엎드릴 때다. 당분간 천황가는 백성들에게 욕먹을 일이 많다."

"명심하겠습니다, 아바마마."

"알겠습니다, 아바마마."

멀리서 궁내청 직원들과 황궁 경찰대가 달려오는 모습이 보였다.

그들 뒤로 아름다운 먼동이 떠오르면서 아름다운 새벽노을이 펼쳤다.

그리고 그 노을 사이로 때늦은 소방차의 사이렌 소리가 들렸다.

그 모습은 참혹한 황거의 폐허에 어울리지 않게 너무나 아름다운 광경이었다.

*　　　*　　　*

황거의 주요건물 4동이 녹아내렸다.

이 소식은 일본인들에게 과거 히로히토 천황이 1945년 8월 15일 일명 옥음방송으로 태평양전쟁의 패배를 인정했던 라디오 방송만큼이나 거대한 충격을 가져다 주었다.

일본인들은 잇단 황실의 불행에 대해 슬퍼하면서도 이유 모를 섬뜩한 불안감을 감추지 못했다.

이런 불안감을 잠재우는 유일한 방법은 빠른 진상조사였다.

일본 정부는 천황 일가를 아카사카 이궁으로 모신 후 대규모 조사단을 황거에 투입해 원인을 파악했다.

조사단의 조사 결과는 그날 밤늦게 아베 신조 총리에게 보고되었다.

조사단장을 맡은 특명 방재담당대신 사이고 모리는 침통한 표정으로 역시 마찬가지 표정을 지은 채 모여 앉은 아베 내각의 대신들에게 보고를 시작했다.

"황거의 소실은 초고열에 의한 멜팅 현상으로 파악되었습니다."

"멜팅 현상이라면……."

"녹아내렸다는 말입니다."

"불에 타거나 폭파된 것이 아니란 말씀이요?"

"그렇습니다. 일부 건물 주변에서 고열에 의해 탄 나무가 관찰되기는 했지만 근본적인 이유는 초고열체가 궁전을 덮친 때문입니다. 또한 파편이 발견되지 않은 점으로 보아 폭발도 아닙니다."

"그렇다면 테러나 사고는 아니란 말이군요."

"그러나 그런 고열을 낼 수 있는 방법이 전혀 없는 것은 아닙니다."

"······."

잠자코 대신들과 사이고 모리의 대화를 듣고 있던 아베 신조 총리가 끼어들었다.

"원자폭탄."

"아······."

"세상에······."

"그런······."

원자폭탄이란 단어가 튀어나오자 산전수전을 다 겪은 대신들도 말을 잇지 못했다.

그만큼 원자폭탄은 일본인들의 DNA에 새겨진 공포의 단어였다.

"총리대신 말씀이 맞습니다. 원자폭탄이라면 물질을 유리화시킬 만큼의 고열을 낼 수 있습니다. 그러나 다행스럽게도 황거에서는 방사능이 전혀 검출되지 않았습니다."

"그럼 원인이 뭐란 말이요."

"마지막 가능성은 운석입니다."

"운석이라······."

"시베리아 퉁그스카에 떨어진 운석의 예에서도 보듯이 운석이 떨어진 폭심지에는 초고열에 의한 유리질이 발견됩니다."

"그럼 황거에 운석이 떨어졌다는 말이오?"

"그건 아닌 것 같습니다."

아베 총리가 말을 빙빙 돌리는 사이고 대신에게 벌컥 화를 냈다.

"당신 나랑 장난하는 것이오? 그건 또 아니라니?"

"죄, 죄송합니다. 그게 아니라······."

"요점만 말하세요, 요점만!"

총리가 다른 대신을 이런 식으로 윽박지르는 일은 무척 드물다.

총리나 대신 공히 각 당과 정파의 이해관계에 따라 정략적으로 선출되는 경우가 많은 일본의 실정 때문이다.

그런데도 아베 총리는 아랑곳하지 않고 사이고 대신을 질책했다.

이는 아베 총리가 시종일관 극우주의 노선을 주창하면서 얻은 대중적 지지가 가져다 준 결과다.

아베 총리는 역사상 가장 강력한 권력을 가진 총리였다.

"운석이 떨어져도 파편은 생겨납니다. 그러나 황거에는 파편 따위는 없었습니다. 더군다나 운석은 깊은 크레이터를 만들지만 역시 황거에서는 크레이터가 발견되지 않았습니다."

"답답하네. 그래서 원인을 모른단 말 아니오."

"그, 그렇습니다, 총리대신."

"……."

그렇다고 원인을 모른다고 발표할 수도 없다.

잠시 고민하던 아베 총리는 명령을 내렸다.

"원인은 운석으로 발표하세요. 테러가 아님을 강조하시구요. 안 그래도 시끄러운 황실입니다. 더 이상 구설수에 올라서는 곤란해요."

"알겠습니다."

결국 일본 정부는 황거에 작은 운석이 떨어졌다고 발표했다.

발표를 들은 일본인들은 안도했다.

그리고 천황의 안위가 무사함을 기뻐했다.

그러나 그런 기쁨은 앞으로 다가올 거대한 충격을 예고하는 서막에 불과했다.

*   *   *

일본 정부의 발표가 있은 후 다음 날, 아키히토 천황은 방송국을 비롯한 각 언론사에 연락해 기자회견을 자청했다.

천황이 직접 생방송에 나와 하는 기자회견은 전례가 없는 일이었기에 기자회견이 열리는 아카사카 이궁은 입추의 여지가 없이 모여든 기자들로 북적였다.

기자들은 안면이 있는 사람들끼리 삼삼오오 모여 회견 내용을 예상했다.

"무슨 일로 기자회견을 자청하신 걸까?"

"최근 황실에 일어난 사건들에 대해 유감을 표명하시려는 게지."

"하긴, 워낙에 큰일이 많았지. 그래도 의외이긴 하네. 보통이라면 궁내부 대신이 회견을 하고 말텐데……."

"그만큼 작금의 사태를 폐하께서 중히 여기시고 계신다는 의미라고 보면 정확할 거야."

그런 와중에 아키히토 천황이 등장했다.

며칠 전과 비교해 확연하게 수척해진 아키히토 천황은 카메라를 향해 살짝 고개를 숙인 다음 연설을 시작했다.

"본인은 최근 황실에서 벌어진 여러 가지 불미스러운 일에 대해 심심한 유감의 뜻을 전합니다."

기자들은 고개를 끄덕였다.

"예상대로군."

"달리 방법이 없었을 거야."

"워낙에 세간에 말이 많아서 말이지."

아키히토 천황은 말을 이어나갔다.

"오늘 내가 기자회견을 자처한 이유는 한 가지가 더 있습니다."

기자들의 시선이 아키히토 천황에게 집중되었다.

"무슨 말씀을 더하시려고……."

"혹시 사죄하신다는 말을 덧붙이시려고 그러시나?"

"설마, 그건 아닐 거야."

"그렇지? 그러면… 혹시 새로운 황세자를 거론하시려는 생각이실까?"

"아마도……."

그러나 기자들의 예상은 보기 좋게 빗나갔다.

아키히토 천황의 입에서 흘러나온 말들은 기자들의 예상을 아득히 뛰어넘다 못해 당장에라도 단상으로 뛰어 올라가 천황의 입을 막고 싶은 충동을 일으키게 하기에 충분했다.

"본인은 황실이 겪고 있는 전대미문의 불행한 일들이 과거 황실과 일본이 저지른 침략 행위의 업보라고 생각합니다."

"……."

"……."

"선황과 일본은 아시아 제국, 특히 한반도에 막대한 잘못을 저질렀습니다. 무력과 모략을 동원해 일한병합조약을 체

결했고 그 결과로 무려 35년 동안이나 한국인들의 자주성과
주체성과 민족정기를 훼손시켰습니다. 이는 절대로 용서받
을 수 없는 만행입니다."

　폭탄과 같은 발언에 놀란 궁내부 대신이 단상으로 뛰어올
라왔다.

　"전하……."

　"들어가거라."

　"전하……."

　"들어가래도."

　"……."

　상황으로 보아 천황의 발언은 미리 약속되지 않은 것이 분
명했다.

　일본 기자들은 경악을 금치 못해 기사를 작성하는 일도 잊
어 버렸고 반면 외신기자들은 신나게 기사를 써내려 갔다.

　"그럼에도 불구하고 일본은 반성하지 않았습니다. 반성은
커녕 오히려 불법적인 식민 지배를 미화하고 이에 더해 엄청
난 고통을 겪은 한국인들을 모욕하는 망언을 계속했습니다.
나는 현재 일본이 겪고 있는 모든 부와 행복이 우리가 짓밟은
한국인의 피와 땀과 눈물의 대지 위에 세워졌다고 확신합니
다. 이에 나는 일본국의 국왕으로서 한국인들에게 최고의 예
를 갖추어 사죄와 반성의 예를 표하려 합니다."

히로히토 천황은 마이크에서 옆으로 한 발자국 물러나더니 두 손을 가슴에 모으고 무릎을 꿇고 머리는 바닥에 맞대었다.

"저……. 저런……."

"저것은 한국의 큰절 아닌가."

"세상에……."

일본 국민에게는 유감을 표하고 고개만 까닥이더니 한국 인들에게 큰절을 하며 사과했다.

일본기자들은 동시에 한 가지 생각을 떠올렸다.

'아들들처럼 천황도 미쳤어.'

그러나 그 생각을 내뱉을 수 있는 기자는 단 한 명도 없었다.

바로 그것이 일본인에게 있어 천황이 가지는 의미다.

"……."

"……."

"……."

몸을 일으킨 아키히토 천황이 말했다.

"말만의 사과는 입바른 거짓말에 지나지 않습니다. 그래서 나는 선언합니다. 황실이 보유한 한반도 관련 문화재 전부를 아무런 조건 없이 한국 정부에 반환하겠습니다. 이는 당연히 해야 할 일이며 일본이 한국에 저지른 만행에 대한 사죄의 시작입니다."

아키히토 천황의 말은 끝나지 않았다.

"또한 일본 정부와 국민들도 나와 같이 보유하고 있는 문화제와 유물들을 한국에 돌려줄 것을 촉구합니다. 이런 조치가 있은 후에야 일본과 한국은 미래를 향해 두 손을 잡고 나아갈 수 있는 진정한 이웃이 될 수 있을 것입니다."

아키히토 천황은 놀라 질문을 던질 힘도 없는 기자들을 두고 퇴장했다.

총리관저의 집무실서 아키히토 천황의 기자회견을 보던 아베 신조 총리를 하마터면 들고 있던 찻잔을 텔레비전에 던질 뻔했다.

"미친 늙은이."

아베 총리는 산토리 위스키 한 잔을 가득 따라 단숨에 들이켜고 소리쳤다.

"미쳤어, 미친 거야. 그렇지 않고서 저 늙은이가 나를 이런 궁지에 몰아넣을 리 없잖아."

총리 집무실 문이 열리고 놀란 비서가 뛰어 들어왔다.

"무슨 일이십니까, 총리대신 각하."

"나가, 나가, 나가!"

"아, 네."

놀란 비서가 화들짝 놀라 집무실을 나가자 아베 총리는 다시 위스키 한 잔을 가득 따라 마셨다.

생각할수록 괘씸했다.

아베 총리는 천황이 한 말에 단 한 단어도 동의하지 않았다.

조선은 스스로 생존할 수 없었고 바야흐로 서구 열강의 지배에 놓일 운명이었다.

때문에 일본은 대동아공영권의 기치를 들고 조선을 보호했다.

조선은 일본 덕분에 살아남았고 현재의 번영을 이룬 것이다.

아베 총리의 역사의식은 확고했다.

"나보고 어쩌라는 말인가."

천황의 말은 틀렸지만 아베 총리는 그 말에 반박할 수 없었다.

당연히 천황의 발언은 단순한 한 개인의 의견이 될 수 없다.

물론 법적으로 천황은 일본의 통치자가 아니긴 하다.

일본 헌법 제1조는 일본국 및 일본 국민통합의 상징이라는 천황의 지위는 '주권을 갖는 일본 국민의 총의에 기초'한다고 되어 있다.

제4조에는 '천황은 이 헌법이 정하는 국사에 관한 행위만

을 행하고, 국정에 관한 권능을 갖지 않는다'(제4조 1항)는 조항도 있다.

다시 말해 천황은 국정에 관한 권능, 즉 통치권 내지 정치적 권력을 갖지 않는다는 것이 헌법 내용의 핵심이다.

하지만 헌법은 헌법일 뿐, 헌법의 문장이 일본에서의 천황이 가지는 권능을 설명해 주지는 못한다.

일본에는 "비리법권천(非理法權天)"이라는 격언이 있다. 이 말은 남북조 시대의 명장 쿠스노키 마사시게(楠木正成)의 깃발에 적힌 문장이다.

―비리(非)는 이치(理)를 이기지 못하고, 이치는 법(法)을 이기지 못하고, 법은 권력(權力)을 이기지 못하나, 권세는 하늘(天)을 이기지 못 한다.

쿠스노키 마사시게는 멸사봉공이니, 칠생보국이니 하는 말을 남겼을 만큼 천황의 절대권을 숭상한 무인이었다.

때문에 비리법권천에서 하늘은 당연히 천황을 의미한다.

즉, 헌법이 어떤 방식으로 천황의 지위를 규정하였든지 간에 일본인에게 천황은 하늘과 같은 존재라는 의미다.

아베 총리는 극우의 기치를 들고 집권에 성공했다.

극우세력의 중심점은 당연히 천황이다.

즉 아베 총리가 가진 권력의 근원은 천황이란 의미다.

그런 아베 총리가 천황의 말을 부정하는 일은 스스로의 정체성을 부정하는 것과 같다.

그렇다고 천황의 말에 동의할 수도 없다.

아베 총리는 일본을 보통 국가로 만들기 위해 평생을 노력했다.

미국의 항문을 빨았고 중국과 한국으로부터 쏟아진 갖은 모욕도 감내했다.

천황이 이 모든 일을 수포로 만들었다.

아베 총리는 빠져나갈 수 없는 무저갱의 구렁텅이에서 허우적댈 수밖에 없었다.

천황의 기자회견 소식을 전하는 방송을 크리스티나와 함께 지켜본 송엽은 크게 기지개를 켰다.

"내가 생각해도 멋진 계획이었어."

크리스티나는 그렇게 생각하지 않는 듯했다.

"그래도 어린아이까지 인질로 잡는 것은 너무했어."

송엽은 검지를 펴 흔들었다.

"넌 너무 순진해. 하나만 알고, 둘은 모른다는 말이지."

"무슨 말이야?"

"선인은 왜 악당이 저지르는 악행에 휘둘리는 역할만 해야 하지?"

"그야…… 좋은 사람이니까 그렇지."

"좋은 사람이라……. 좋은 사람은 악당에게 당하면서도 항상 도덕적이고 착한 행동만 해야 하는 거야?"

"……."

"우리나라에는 안중근이라는 불세출의 영웅이 계셨어. 일본 제국주의의 첨병이었던 이토 히로부미를 저격하신 분이지."

"나도 들어서 알아. 하얼빈에서!"

최근 한국인으로 귀화 신청을 하고 열심히 시험 공부 중인 크리스티나는 안중근 의사에 대해 잘 알고 있었다.

"맞아. 그런데 최근 안중근 의사를 테러리스트라고 부르는 사람들이 생겨났어."

"말도 안 돼! 그렇게 훌륭한 분을 왜 테러리스트라고 불러?"

"그들의 주장은 간단해. 정식적인 군대에 소속되어 있지 않고 군복을 입지 않은 상태에서 교전은 제네바 협약의 보호를 받지 못한다. 즉 안중근 의사는 군인이 아니므로 테러리스트와 다를 바 없다."

"어이없는 주장이야."

"김구 선생님도 비난받고 있어. 김구 선생은 지금의 알카

에다와 다름없는 악랄한 테러 조직인 한인애국단을 결성하고 민간인의 희생도 불사하는 잔인한 테러를 자행한 사람이다."

"정말 그런 거야? 그들도 아무 근거 없이 그런 주장을 하지는 않을 거 아냐."

"아니, 제네바 협약이니 하는 이야기는 모두 제국주의를 했든, 아니면 강대국이었던 국가들이 자신의 이익을 지키기 위해 만든 꼼수에 불과해. 생각해 봐. 강대국에 저항하는 약소국 국민이 군복을 입고 정식 군대에 소속되어 저항할 수 있는 방법이 얼마나 되겠어. 물론 나도 죄없는 일반인에게 테러를 가하는 자들을 옹호하고 싶은 생각은 없어. 하지만, 한편으로 생각해 보면 그들이 똑바로 자신들의 지도자를 감시했다면 자신의 국가가 약소국을 무력으로 침공하는 일은 안 생겼을 거 아냐. 즉, 그들 또한 그 책임에서 자유로울 수는 없다는 말이지."

"지옥의 가장 뜨거운 장소는 도덕 위기의 시대에 중립을 지킨 자들에게 예약되어 있다. 단테."

"나도 착한 사람이 되고 싶어. 그렇지만 규칙에만 얽매여 일을 그르치는 멍청이가 되진 않을 거야."

"알았어. 오빠만 믿어."

"이해해 주니 고마워. 이제 우리가 집중해야 할 일은 동식이와 철중이, 희진이를 구출하는 일이야."

"당연하지. 나도 마법 수련 열심히 해서 도움이 되도록 할게."

일본 천황을 굴복시키고 사과를 받아내기까지 계획을 세우고 실행에 옮기고 결과를 만들어 냈다.

그 과정을 통해 송염은 엄청난 자신감을 가지게 되었다.

그리고 그 자신감을 자산삼아 더 큰 계획을 실행에 옮기려 하고 있었다.

Chapter 80
비급

송염은 백두산 동굴에서 가지고 온 고서 500여 권을 한학에 조예가 깊은 독립유공자분들에게 맡겨 분류를 부탁했다.

　무려 1,000억 원의 기부금을 쾌척하고 여생을 편안히 살 수 있게 집까지 제공한 송염에게 무한한 신뢰를 가지고 있던 독립유공자 어르신들은 흔쾌히 부탁을 들어주었다.

　송염의 예상은 적중했다.

　조사 결과 고서들은 지금은 실전되어 역사의 그늘 속으로 사라져 구전으로조차 기록에 남겨지지 않은 무공 비급들이었다.

무공 비급들은 크게 네 가지 종류였다.

우선 무협지에 흔히 등장하는 정파라고 불리는 구파일방의 무술 비급들이 있었다.

정파 계열의 무술 비급들은 무술 비급이라기보다는 일종의 정신수양용 교양서적 같아 보였다.

분량의 대부분은 정신을 수양하는 방법이었고 정작 무술을 수련하는 방법에 대해서는 은유적인 문체로 극히 짧게 서술되어 있었다.

"기재나 천재라는 말이 왜 나왔는지 이제야 알겠어."

송염의 감상대로 정파의 무술은 천재나 인내심이 극에 달하지 않으면 쉽게 배울 수 없는 종류였다.

두 번째 부류의 무공 비급들은 사파의 무술이었다.

사파의 무술의 특징은 정파의 무술과 정반대였다.

강해지기 위해 수단과 방법, 과정과 형식을 가리지 않은 것.

"마음에 들어."

정파의 무술보다 사파의 무술이 더 마음에 든 송염은 테스트에 들어갔다.

"사파의 무술을 익히면 심성이 악해진다는 말이 있어."

몇몇 제자들을 대상으로 한 인체 실험(?)에서 그 말이 낭설이라는 결과가 도출되었다.

송엽은 사파의 무술들을 세심하게 분류해서 개중 위력이 낮은 무술들을 제자들에게 익히게 했다.

그리고 그중 성취가 뛰어난 제자들을 개별적으로 불러 더욱 위력이 강한 무술을 전수했다.

그렇다고 정파의 무술을 내팽개치지는 않았다.

정파 무술은 호법당원들을 중심으로 전수했다.

호법당은 문수파의 기초나 다름없다.

기초가 단단해야 문파의 중심이 바로 선다는 생각이 낳은 결과였다.

세 번째 부류의 서책들은 오만 가지 잡다한 내용들이 담겨 얼핏 무공 비급이라고 칭하기 어려운 종류의 것들이었다.

송엽은 이 부류의 고서들을 무공 비급이란 용어 대신 '잡록'이라고 통칭해서 이름 붙였다.

잡록은 그 이름답게 한 문파의 흥망성쇠를 기록한 역사서를 비롯해, 여성을 즐겁게 해주는 방중술, 암기를 제조하고 기관을 설계하고 설치하는 방법이 적힌 서책 등 분류하기 힘들 만큼 종류도 가지가지였다.

개중에서 가장 송엽의 관심을 끈 서책은 화타백경이란 이름을 가진 스무 권의 방대한 분량을 자랑하는 의술서였다.

화타배경이 송엽의 관심을 끈 가장 큰 이유는 화타(華陀)라는 이름이었다.

"화타? 관우와 조조를 치료했다는 그 화타?"

흥미를 느낀 송염은 화타에 대해 조사를 시작했다.

전설적인 명의, 화타는 후한 말기 패국(沛國) 초현(譙縣) 사람으로 본명은 부(敷)이고, 자는 원화(元化)다.

인도산 대마를 사용한 마비산(麻沸散)이란 마취제를 만들어 외과수술을 시행했는데 위장 절제수술까지 시행해 4, 5일 만에 완치시켰다고 전해진다.

그러나 그렇게 대단한 의사임에도 불구하고 화타는 단 한 권의 저술도 남기지 못했다.

바로 조조 때문이다.

조조는 만성적인 두통을 앓고 있었다.

화타는 간단한 침구 치료로 조조의 두통을 치료해 주었다.

이에 감복한 조조는 화타를 시의(侍醫)로 삼고자 하였으나, 조조 한 사람만을 위해 의원 노릇을 하기 싫었던 화타는 아내가 아프다는 핑계를 대고 집으로 돌아갔다.

화타의 말이 거짓임을 알게 된 조조는 화타를 옥에 가두고 목을 치게 했다.

화타는 조조에게 죽임을 당하기 직전 자신에게 친절했던 옥리 오압옥에게 평생 의술을 행한 경험을 적어놓은 청낭서(靑囊書)를 건넸다.

청낭서를 받은 오압옥은 신선과 같은 화타의 의술을 잇는 다는 기쁨에 대취해 집으로 돌아와 아내에게 그 사실을 알렸 다.

그리고 잠에서 깨어보니 아내는 이미 청낭서를 불태워 버 린 후였다.

불같이 화를 내는 오압옥에게 아내는 담담하게 다음과 같 이 말했다.

"의술을 배워 다른 사람의 병을 고쳐주는 일이 매우 가치 있는 일임을 부정하지는 않습니다. 그러나 의술로 명성이 높아져 유명 해지면 당신 또한 화타처럼 위정자의 눈 밖에 나 목숨을 잃을 것 이 분명합니다. 난 그 책을 불태움으로서 나의 지아비이자 우리 아이들의 아버지인 당신의 목숨을 구했을 뿐입니다."

아내의 현명한(?) 판단 덕분에 오압옥은 목숨을 건졌지만 청낭서는 사라졌다.

결국 화타백경은 침중구자경, 관형찰색삼부맥경, 화타내 사, 화타방, 청낭서 등 화타가 지었다고 알려졌지만 실전된 모든 의술서를 집대성한 결정판이었다.

한의학에는 문외한이나 다름없던 송염은 화타백경을 연구 하기 위해 한의사 몇 명을 고용했다.

한의사들은 연구 끝에 화타백경에 가공할 만한 효과를 보여주는 침술과 내상을 치료하는 환단과 외상을 감쪽같이 치료해 주는 고약들, 그리고 기의 양을 대폭적으로 증가시켜 주는 영약의 제조법이 기록되어 있다는 사실을 밝혀냈다.

화타백경을 심도 깊게 연구할 필요성을 느낀 송염은 새로이 약학당을 신설했다.

그리고 한의사들을 대거 보충하고 현대 의학의 적용을 위해 각 분야의 의사들과 분자생물학, 생물학, 단백질공학, 생화학, 약학, 제약학, 제제학, 화학 등을 전공한 박사급인재들을 200명 넘게 끌어모았다.

약학당에 모인 인재들은 자신들에게 주어진 임무를 200퍼센트 수행해냈다.

그들은 송염이 무제한으로 투입하는 연구자금을 발판으로 삼아 수십 종류의 환단과 금창약의 성분을 분석해 냈고 결국 제조까지 성공했다.

송염은 약학당에서 제조한 약품들을 문도들을 대상으로 테스트(?)했다.

강도 높은 수련과 제1차 문수대전의 여파로 성행하게 된 실전대련으로 생긴 부상자들 때문에 환자는 넘쳐 났다.

결과는 놀라웠다.

환단들은 문도들의 내상을 치료했고 금창약은 외상에 기

적과 같은 효능을 발휘했다.

성과에 고무된 연구원들은 송염에게 찾아와 약들의 대량 생산을 건의했다.

돈이 들어오는 일이니 송염도 반대할 이유가 없었다.

그러나 신약의 대량 생산과 판매는 그리 녹록한 일이 아니었다.

새로 개발된 약들은 정상적인 절차를 거쳐 신약으로 등록해야 했다.

정상적인 절차는 인간을 대상으로 하는 약이다 보니 철저하다 못해 기가 질릴 지경이었다.

신약으로 인정을 받기 위해서는 동물을 대상으로 '전임상실험', 수십 명을 대상으로 안정성을 실험하는 '임상1상', 수백 명을 대상으로 하는 '임상2상', 수천 명을 대상으로 하는 '임상3상'의 과정을 거쳐 식품의약품 안전청으로부터 승인을 받아야 했다.

당연히 이런 일련의 임상실험을 진행하려면 증상이 동일한 환자가 다수 필요했다.

외상이 아닌 이상 그렇게 많은 환자가 있을 리 없는 송염은 궁리 끝에 몇몇 거대 병원에 접촉했다.

접촉한 병원은 하나같이 고개를 저었다.

병원들은 명성 있는 제약회사도 아닌, 무술 단체로 알려진 문수파의 신약들을 테스트하는 일은 너무 위험 부담이 크다는 이유를 댔다.

송염은 포기하지 않았다.

"약은 확실해. 요는 환자란 말이지. 그럼 환자가 모여들 만한 병원을 설립하면 그만이야."

문수파는 이미 문수병원이란 이름의 병원을 보유하고 있었다.

문수병원은 송염이 모시고 있던 독립유공자분들의 건강을 보살필 목적으로 건립한 아주 작은 요양병원이었다.

송염은 문수병원에 막대한 자금을 쏟아부어 대한민국에서도 손꼽히는 거대 병원으로 탈바꿈시켰다.

문수병원은 문수파의 모든 건물들이 그렇듯이 다층의 한옥 건물로 지어졌다. 당연히 내부와 시설은 초현대식 최신시설로 채워졌다.

그리고 돈의 힘을 빌려 대한민국 최고의 의사들을 스카우트해 환자들의 진료를 맡겼다.

이에 더해 한 가지 꼼수도 동원했다.

"솔직히 한약 처방은 조금 달라진다고 해서 국가의 승인을 받아야 하는 건 아니잖아."

송염의 말 한마디로 문수병원은 양방, 한방 협진병원으로 바뀌었다.

그렇게 신약을 세상에 내보낼 준비를 마친 송엽은 내친김에 기존 한의학에 더해 화타의 의술을 전문적으로 가르치는 문수 한의 대학까지 건립하기로 결정했다.

그리고 이를 위한 준비에 들어갔다.

송엽은 표지가 검은 고서 한 권을 들고 고민에 빠졌다.

"이놈을 어떻게 한다."

정파와 사파의 무술들은 그 성격에 따라 제자들에게 익히게 하면 그만이다.

잡록에 등장하는 기관이나 무기, 환단들도 연구를 거쳐 제조하면 그만이다.

하지만 백두산에서 가져온 비급 중 네 번째 부류이자 유일한 서적인 이 고서만을 그렇지 않았다.

살기(殺技).

고서의 제목은 섬뜩하게도 살인의 기술, 즉 살기였다.

살기는 살수들의 무술을 집대성한 비급으로 인간을 빠르고 쉽게 죽이는 수백 가지의 기술이 나열되어 있었다.

"무협의 세상이라면 문제가 없겠지만 현대 사회에서 대놓고 살인의 기술을 가르칠 수는 없잖아."

그렇다고 봉인해 버리기에는 살기의 기술이 너무 아까웠다.

송염은 조언을 얻기 위해 현대인으로는 드물게 전문적인 살인 기술을 수련한 경험을 가지고 있는 천안당주 김호식을 불렀다.

송염의 고민을 들은 김호식의 대답은 간단했다.

"태상장로님께서는 군인의 존재 목적이 뭐라고 생각하십니까?"

"그야 나라를 지키기 위해 존재하는 것 아니겠어? 최소한 겉으로는 말이야. 따지고 들자면 국가의 이익을 위해 다른 나라를 침략하는 경우도 있겠지만."

"그럼 군인은 나라를 지키기 위해 무엇을 합니까?"

"전투 방법을 배우지……."

송염의 대답을 들은 김호식이 고개를 끄덕였다.

"그렇습니다."

"……??!!"

순간 송염은 깨달았다.

전투 기술이 무엇인가.

전투 기술은 사람을 죽이는 방법을 배우는 것이다.

온갖 미사여구를 동원한다 해도 그 본질은 변하지 않는다.

'나도 배운 적이 있어. 사람 죽이는 방법을…….'

대한민국 남자 대부분은 인간을 죽이는 방법을 2년간 수련한 경험이 있다.

결론은 단순했다.

사람을 죽이는 방법을 배웠다고 해서 대한민국 남자들이 살인을 저지르는 것이 아닌 것처럼 기술을 배우되 어떻게 그 기술을 사용하느냐가 문제의 본질이다.

송염은 계획이 있었다.

그리고 그 계획에는 살기의 기술이 꼭 필요했다.

송염은 살기를 김호식에게 내밀며 명령했다.

"이 책의 무술을 익혀."

"존명!"

"그런 다음 입이 무겁고 충성심이 강한 아이들을 선발해서 그 무술을 전수해. 이 책을 익히게 해."

명령은 충실히 시행되었다.

Chapter 81

변화

새벽 4시.

아직 먼동이 뜨기도 전에 송염은 자리에서 일어났다.

"후아아아암!"

크게 기지개를 켠 송염은 후다닥 샤워를 마치고 가벼운 옷으로 갈아입은 다음 집을 나섰다.

아직 사위는 사방을 분간하기 어려울 만큼 어두웠다.

송염이 걸음을 옮기자 주변 이곳저곳에서 나지막하지만 절도있는 목소리가 들렸다.

"문수!"

"문수!"

밤새 송염의 저택 주변의 경비를 서던 제자들이다.

'흠, 많이 늘었어.'

일반인들은 제자들의 모습을 절대로 찾을 수 없을 것이란 확신이 들었다.

송염 자신마저도 몇 가지 버프를 사용하고서야 겨우 은신해 있는 제자들을 발견할 수 있었다.

뿌듯했다.

백두산 동굴에 다녀온 지 벌써 3년이란 시간이 흘러갔다.

길다면 길고, 짧다면 짧은 그 기간 동안 문수파가 겪은 변화는 결코 작은 것이 아니었다.

그 변화를 가장 극명하게 보여주는 예가 송염의 거처 주변에 은신해 있는 제자들이다.

천안당 소속인 이 제자들은 모두 살기를 수련했다.

살기의 수련은 인간이 경험할 수 있는 극한의 경지를 아득히 뛰어넘는 정신력이 요구되었다.

당연히 탈락자도 있었다.

그러나 그 수는 많지 않았다.

호법당원들에게 콤플렉스를 가지고 있던 천안당원들은 살기를 익히는 일이야말로 그 콤플렉스를 벗어던질 수 있는 유일한 길이라고 믿었고 힘든 수련 과정을 견뎌냈다.

덕분에 이제 천안당원들은 지구상 그 어느 장소라도 들키지 않고 침입해 목표를 타격하고 퇴출할 수 있는 능력을 보유하게 되었다.

송염은 몇 가지 버프를 사용해 감각을 극대화시킨 다음 주변을 살펴보았다.

땅속에 혹은 풀숲 속에 자연과 하나되어 은신해 있는 천안당원들의 모습이 보였다.

'인간은 천안당원을 감지할 수 없다는 김호식의 장담은 허언이 아냐.'

김호식은 보기보다 집요하고 철저한 남자였다.

그는 수련의 성과를 확인하기 위해 몇 번에 걸쳐 천안당원들을 한반도에서 가장 엄밀한 경계가 이뤄지는 장소에 잠입시켰다.

'그렇더라도 그런 장소를 택할 줄은 정말 몰랐어.'

송염은 자신의 왼쪽 손목을 힐끗 내려다보았다.

손목에는 얼핏 보아도 명품처럼 보이는 손목시계가 채워져 있었다.

'파텍 필립이라……. 다이아몬드 하나 박혀 있지 않은 이 시계가 무려 15억 원을 호가한다는 말이지.'

파텍 필립(Patek Philippe)은 수많은 명품 시계들 중에서도 최고봉에서 홀로 독야청청하는 제품이다.

그중에서도 송염의 손목을 장식하고 있는 모델은 파텍 필립에서도 최고가 제품인 5002p란 이름의 모델이었다.

'파텍 필립이란 이름이나 가격이 중요한 게 아니지. 어디서 났느냐가 중요하지.'

이 손목시계는 천안당원들이 잠입한 장소에서 전리품으로 가져온 물건이다.

'그래도 익숙해지진 않아. 무려 김일성이라고, 김일성.'

송염은 생각할수록 질린다는 듯 혀를 찼다.

김호식이 천안당원들의 능력을 테스트하기 위해 선택한 장소는 북한이었고, 그중에서도 가장 경비가 삼엄한 김일성과 김정일의 시체가 안치되어 있는 금수산태양궁전이었다.

*　　*　　*

천천히 걸음을 옮긴 송염은 자신의 집 바로 아래에 조성되어 있는 다섯 채의 저택 쪽으로 걸음을 옮겼다.

다섯 채의 저택은 송염이 아버지와 크리스티나 그리고 친구들의 몫으로 건설한 집들이었다.

현재 이 저택들은 두 명의 주인을 찾았다.

그 한 채는 서울에 거주하며 대학을 다니고 있는 크리스티나의 집으로, 그녀는 주말과 휴일이면 문수파로 돌아와 수련을 하곤 했다.

또 한 채는 아버지의 집이다.

일 년 전, 홀연히 나타난 아버지는 문수파의 산문을 두드렸고 이 집에 눌러앉았다.

아버지의 집 앞에서 잠시 망설이던 송염은 대문을 열고 안으로 들어갔다.

역시나 아버지는 오늘도 정원 한편에 앉아 멍하니 먼동이 터오는 붉은 산을 바라보고 있었다.

2년 만에 돌아온 아버지는 전혀 다른 사람 같았다.

자신감으로 넘치던 얼굴에는 짙은 그늘이 들어앉았고 평소의 뻔뻔함도 사라져 이제는 그저 뒷방 늙은 노인의 모습만을 보여주고 있었다.

"안녕히 주무셨습니까?"

"그래, 잘 잤다. 너도 잘 잤느냐?"

"네, 아버지."

보통 부자라면 당연히 오고 갈 평범한 대화지만, 정작 송염의 마음은 답답하기만 했다.

이런 보통의 대화는 아버지와 자신에게는 어울리지 않는다.

과거, 두 사람의 대화는 시퍼런 날이 선 진검을 들고 휘두르는 승부와 같았다. 물론 그 승부에서 송염이 이긴 적은 단

한 번도 없다.

'아버지……'

그러나 지금의 아버지의 목소리에는 생기가 보이지 않았다.

송엽은 안쓰러운 눈빛으로 아버지를 바라보았다.

오대산 자락을 타고 불어온 바람이 아버지를 스쳐 지나갔다.

아버지의 바지 자락이 힘없이 바람에 흔들렸다.

"……"

아버지의 두 다리는 무릎 아래가 없었다.

일 년 전 돌아온 아버지는 두 다리에 엄청난 상처를 입고 있었다.

화타백경의 의술과 영약으로도 아버지의 다리를 고칠 수 없었다.

결국 아버지의 두 다리를 절단해야 했다.

잠시 망설이던 송엽은 나지막한 목소리로 물었다.

"오늘도 무슨 일이 있었는지 말해주시지 않을 겁니까?"

"모르는 편이 좋다. 그 편이 좋아."

"……"

지겹도록 반복되는 대답이다.

송엽 더 이상 묻지 않고 고개를 숙여 인사를 하고 집을 빠져나왔다.

방학이라 크리스티나는 문수파로 돌아와 있었다.

'아버지도 아버지지만 크리스틴도 문제야.'

문수파로 돌아올 때 크리스티나는 남자를 한 명을 달고 왔다.

여기까진 문제가 없다. 크리스티나도 성인이니 남자 친구가 없으라는 법은 없다.

그런데 문제는 그 남자 친구의 정체였다.

크리스티나가 데려온 남자 친구의 이름은 이현빈이었다.

이현빈은 송염의 인생에서 가장 큰 좌절감을 안겨준 남자다.

그런 남자가 크리스티나의 남자 친구로 등장하자 송염은 이루 형용할 수 없는 묘한 감정을 경험했다.

자격지심이나 열등감은 아니다.

대한민국에서 가장 많은 현금을 가진 남자, 가장 유명한 독신 남성, 그래서 여성들이 가장 결혼하고 싶어 하는 남자 1위.

바로 송염이다.

그래서 송염이 느낀 감정은 결혼하겠다면서 남자를 데려온 딸을 보는 부모의 심정과 비슷했다.

"오빠는 모르겠지만 청담동 집 때문에 이런저런 문제가 많았거든."

"무슨 문제?"

"사는 사람들이 워낙에 빵빵하잖아."

"그야⋯⋯."

"젊은 외국인 여성 혼자 사는 게 마음에 안 들었나 봐. 입
주 후에 인테리어 공사를 하는데 도통 허락을 해줘야 말이지.
열이 받아서 그냥 확 혼을 내줄까도 생각했어."

"헉⋯⋯."

금발 마녀가 깔깔 웃으면서 초고급 빌라를 향해 파이어 볼
을 난사하는 모습이 그려졌다.

상상만으로도 등골이 오싹하다.

"흥, 내가 그렇게 생각이 없는 줄 알아? 마법을 개인적인
목적으로 사용하진 않아."

"그래, 그래. 다행이다. 그래서 저 자식은 어떻게 만났는데?"

"분 좀 삭히려고 집 앞 바에서 한잔했지."

"잠깐! 너 술 마셔?"

"오빠~ 내가 어린애야? 나이가 몇 갠데."

"끄응, 계속해라."

"옆자리에 한 남자가 술을 마시더라고. 그 남자가 현빈 씨
였어."

"현빈 씨는 무슨⋯⋯. 그래서 저자식이 널 꼬셨구나?"

크리스티나의 대답은 의외였다.

"아냐, 내가 먼저 말을 붙였어. 잘생겼잖아."

"⋯⋯."

"이런저런 이야기를 하다 보니 참 괜찮은 남자더라구. 영어에, 불어에, 러시아어까지 하더라니까? 오랜만에 러시아어로 수다를 떨다 보니 스트레스가 확 풀렸어."

"러시아어까지……."

크리스티나가 엄지손가락을 치켜 올렸다.

"그래, 러시아어. 게다가 누구와는 달리 친절하기까지 했어. 무엇보다 잘생겼잖아."

"……."

크리스티나의 말에 반박할 수 없었다.

"그렇게 마시고 집으로 돌아오는데 현빈 씨도 우리 빌라에 살더라구. 오빠만큼은 아니지만 돈도! 많다는 이야기지. 어쨌든 그래서 집수리 문제에 대해 하소연을 했지. 그랬더니!"

"그랬더니?"

"다음 날 아침에 찾아왔더라구. 그러고는 날 데리고 집집마다 찾아다니면서 사정을 이야기하는데 얼마나 싹싹하고 조리있게 설득을 하는지. 그날부로 공사에 들어갈 수 있었지."

"젠장!"

이현빈은 남자인 송염이 봐도 완벽한 남자였다.

하지만 어쨌든 하나뿐인 여동생의 일이다.

송염은 천안당을 동원해 철저하게 이현빈의 뒷조사를 했다.

이현빈은 서울에서 태어났다.

아버지는 이현빈이 세 살 때 돌아가셨고, 홀어머니 아래서 자랐다.

서울대학교 경제학과에 입학했고 1학년을 마치자마자 곧장 휴학을 하고 입대해 육군 병장으로 만기 제대했다.

대학을 마친 이현빈은 SI(System Integration) 프로그램을 전문으로 개발하는 컴퓨터 소프트회사를 설립했다.

SI는 기업이 필요로 하는 정보시스템에 관한 기획에서부터 개발과 구축, 더 나아가서는 운영까지의 모든 서비스를 제공하는 통합 관리 프로그램이다.

놀랍게도 이현빈이 세운 신생 회사에서 만든 SI 프로그램은 정부 투자기관의 표준 SI 프로그램으로 선택되는 이변을 일으켰다.

정부 투자기관이 선택하자 일반 기업에서도 앞다투어 이현빈의 회사에서 만든 프로그램을 도입했다.

그 결과 이현빈은 불과 27세의 나이로 수백억 원을 벌어들였다.

홀어머니 밑에서 컸고, 공부도 잘했고, 병역 문제도 없었고 사업 수완도 좋았다. 거기다 건강했고 잘생겼으며 친절하기까지 했다.

이현빈은 잘난 놈이었다.

크리스티나는 이현빈을 자신의 집에서 머물게 하겠다고 선언했다.

물론 송염은 결사반대했다.

"오빠 어느 시대 사람이야? 지금은 21세기라구."

"그래도 안 돼. 안 된다면 안 돼. 무조건 안 돼."

송염의 반대에도 크리스티나는 완강했다.

"돼, 돼, 무조건 돼."

"……."

되면 안 됐다.

송염은 맹렬하게 머리를 굴려 핑계를 생각해 냈다.

"넌 문수파의 장로야."

"그래서?"

"장로씩이나 돼서 외관 남자와 한집에서 머무는 일이 문도들에게 어떻게 비칠지 생각해 봐."

"……."

"여긴 한국이라구. 게다가 넌 문수파의 여신이잖아. 네가 남자 친구와 같은 집에서 머물고 있다는 소식이 알려지면 모르긴 몰라도 문도 절반은 문수파를 떠날걸?"

힌두교의 잔혹한 칼리 여신도 여신은 여신이니 틀린 말은 아니다.

여신이라는 사탕발림에 크리스티나가 넘어왔다.

"그, 그런가?"

"당연히!"

송염은 이현빈을 장로 주거지에서 멀리 떨어진 영빈관에 머물도록 했다. 더불어 천안당 살수들로 하여금 철저하게 감시하도록 조치했다.

그런데…….

크리스티나의 집 앞에 알짱거리는 검은 그림자가 보였다.

그림자의 주인공은 이현빈이었다.

송염을 발견한 이현빈이 만면에 미소를 띠고 다가왔다.

"형님, 오늘도 빨리 나오셨습니다."

"……."

이현빈이 넙죽 인사를 하는 모습을 보는 송염의 얼굴이 고삼차를 들이켠 것처럼 구겨졌다.

송염이 아는 이현빈은 이런 남자가 아니었다.

겪어본 이현빈은 태어날 때부터 금수저를 물고 난 것처럼 귀하게 보였고 실제 행동 역시 그랬다.

하지만 실제 성격은 전혀 귀공자 타입이 아니었다.

이현빈은 영빈관을 담당하는 문도들과 넉살 좋게 어울려 막걸리 잔을 기울이기도 했고 새벽같이 일어나 문도들의 청소도 함께했다.

더 나아가서는 문도들의 수련에 참여해 구슬땀을 흘리기

까지 했다.

송염을 대하는 행동도 달라졌다.

이현빈은 송염이 친형이라도 되는 것처럼 살갑게 굴었다.

웃는 얼굴에 침을 못 뱉는다.

송염은 억지로 안부를 물었다.

"새벽같이 무슨 일이야?"

"부탁드릴 말씀이 있어서 기다리고 있었습니다."

"부탁? 크리스티나의 집에 몰래 숨어들 생각은 아니었고?"

"하하하하, 형님도 참……. 뭐 부정하진 않겠습니다."

"무슨 부탁인데?"

"절, 정식 문도로 받아주십시오."

"문도로?"

"그렇습니다. 문수권은 정말 대단합니다. 아니, 대단함을
넘어 경악스러울 지경입니다."

당연하다.

3층 건물을 단숨에 뛰어넘고 넓은 호수를 등평도수의 수법
으로 내달린다.

이런 일이 대단하지 않으면 세상에 그 어떤 일이 대단할 것
인가.

이현빈의 부탁을 들은 송염은 내심 고소를 지었다.

문도들 사이에 끼어 수련을 하고 있다는 소식은 들었다. 꽤

나 잘 쫓아가고 있다는 보고도 들었다.

그러니 자신감이 생긴 것 같다.

하지만 그것은 어디까지나 장로 크리스티나의 손님에 대한 예우 차원에서 문도들이 신경 써준 결과다.

문수파의 수련은 UDT 출신 문도들도 기겁을 할 정도로 지독하다.

희멀건 서생 같은 외모의 이현빈이 따라갈 수 있는 수련이 아닌 것이다.

'당해봐라.'

송엽은 이현빈의 부탁을 들어주기로 했다.

"특별 대우는 없어. 예비 문도부터 시작해야 해."

"당연합니다. 문도로 뽑아만 주십시오."

문수권의 위력이 외부로 알려지자 전 세계에서 엄청난 숫자의 인간들이 문도가 되겠다고 몰려들었다.

당연히 6개월 과정으로 이뤄지는 예비 문도 과정의 경쟁률이 천정부지로 뛰어올랐다.

"좋아. 총관에게 이야기해 두지."

"감사합니다, 형님."

"문도가 되면 형님이 아냐."

"아~ 그렇군요, 태상장로님."

이현빈이 만세를 부르며 멀어져 갔다.

송염은 비릿한 미소를 지었다.

그 미소는 자신의 것을 빼앗긴 아이가 복수를 결심할 때 짓는 바로 그 미소였다.

아버지에게 문안인사를 마친 송염은 독립유공자분들이 거주하고 있는 영웅촌으로 향했다.

"영웅이 따로 있나? 이분들이 진짜 영웅이지."

소중한 마음을 담아 송염은 마을에 영웅촌이란 이름을 붙였다.

문수파와는 약간 떨어져 있어 고즈넉한 분위기가 일품인 영웅촌 초입에는 멋들어진 정자가 서 있고 정자 앞은 넓은 잔디밭이다.

잔디밭에는 잠이 없으신 어르신들이 나와 문수파에서 전수한 건강 체조를 하고 있었다.

송염이 다가가자 어르신들이 하나둘씩 그의 곁으로 모여들었다.

"밤새 평안하셨습니까?"

"허허, 태상장로 나오셨는가? 우리야 태상장로 덕분에 하루하루가 꿈만 같다네."

"과찬이십니다."

"과찬은 무슨, 더 큰 칭찬을 못해 서운할 따름이지. 태상장

로를 만나고 나서 왜 이리 좋은 일만 계속되는지. 일전 일왕
의 건도 그렇고 말일세. 들리는 소문에는 그 일에 태상장로가
관여되어 있다는 이야기가 있던데……."

송염은 손사래를 쳤다.

"하하하, 다 뜬소문입니다, 뜬소문."

말은 그렇게 했지만 뜬소문이 아니다.

송염은 문수파의 수뇌부를 불러 일왕이 삼궤두고두례를
하는 장면을 보여주었다.

그 자리에서 송염은 아직은 때가 아니니 절대로 발설하지
말라고 신신당부했다.

그 후 김호식을 따로 불러 혹여 말이 퍼지는지 감시하도록
했다.

소문은 퍼지지 않았다.

수뇌부는 입이 무거웠다.

송염은 안도하면서도 한편으로 서운했다.

당장 송염 자신부터도 입이 간지러워 미칠 지경이어서 보
안 점검을 이유로 대고 수뇌부에게 영상을 보여줬지 않는가.

임금님 귀는 당나귀 귀라고 소리치는 일이 이리 시원할 줄
몰랐다.

송염은 김호식에게 명령해 입이 무거운 천안당원들로 하
여금 소문을 퍼뜨리게 했다.

'나쁠 것 없잖아.'

무인은 자부심을 먹고 산다.

자신이 속한 단체가 민족의 숙원을 해결했다는 소문은 문도들의 자부심을 한껏 부풀게 했다.

인사를 마치자 독립유공자들이 밤새 번역한 고서를 내밀었다.

백두산 동굴에서 발견된 고서들은 모두 500여 권에 달했고 당연히 한자로 쓰여 있다. 송염은 태어난 당시의 시대상황 덕에 한학에 조예가 있는 분들이 많은 독립유공자들에게 이 고서들의 번역을 맡기고 있었다.

그들은 성심성의껏 번역을 해서 그날 번역된 분량을 아침에 송염에게 건넸다.

송염은 이렇게 번역된 초벌 번역본을 검토했다.

고서들에는 다양한 무술과 비전이 담겨 있다.

그중에는 강시를 만드는 방법처럼 빛을 봐서는 안 되는 기술도 있었다.

송염은 내놓아도 된다고 생각되는 무술과 비법을 선별한 후 호법당과 약학당으로 보냈다.

16인의 호법당원들은 송염이 건네준 무술을 익힌다.

그리고 익힌 무술의 성질에 따라 철저한 과정을 거쳐 선발된 문도들에 전수한다.

약학당은 받은 조제법을 가지고 연구에 들어간다.

이 과정은 3년 동안 하루도 거르지 않고 시행되었다.

"전 이만 가보겠습니다, 어르신."

"그래, 태상장로 잘가게."

인사를 마친 송염은 집무실로 향했다.

집무실에는 총관 조덕구가 송염을 기다리고 있었다.

송염을 보자마자 조덕구는 신세 한탄부터 늘어놓았다. 이 또한 3년 동안 매일 반복된 일과다.

"살려주십시오, 태상장로님."

"무슨 소리야. 세상에 총관처럼 속편한 사람이 어디 있다고."

"그런 말씀 마십시오. 하루하루가 죽을 맛입니다."

조덕구의 한탄은 송염의 말처럼 일견 이해하기 힘든 종류의 것이었다.

"도저히 감당이 안 됩니다. 전문인원을 확충해 주십시오."

"안 돼. 돈이 많아서 감당이 안 된다는 게 말이 된다고 생각해?"

"사실이 그런 걸 어떻게 합니까? 불과 열 명의 문도로 연간 50조 원, 아니 이번에 새로 개발한 기간망용 전기저장 플랜트가 본격적으로 시판되면 들어올 매출까지 더해 70조 원을 다루는 일이 가능하다고 생각하십니까?"

"지금까지 잘해 왔으면서 엄살은……."

"잘하긴요. 천만 원 세금 낼 일에 일억 원 세금내고, 일억 원 세금 낼 일에 10억 원을 들이붓고 있지 않습니까?"

"세금 많이 내면 세무서는 좋아하겠다."

"태상장로님!"

"알았어. 뭐가 가장 문제야?"

"아무래도 문도들의 기부금과 수련비가 가장 문제입니다. 워낙에 건수도 많고 소액이라서 손이 많이 갑니다."

"그럼 앞으로는 기부금, 수련비 받지 마."

"네? 전부 무료로 하시겠다는 말입니까?"

"그깟 푼돈 필요 없어."

"알, 알겠습니다."

사실 문수파의 지출 규모는 문도들이 내는 기부금이나 수련비로 감당할 수 있는 수준을 아득히 넘어선 지 오래였다.

때문에 현재 문수파가 사용하고 있는 자금은 모두 문수 다이나믹스에서 벌어들이는 돈으로 충당하고 있었다.

에너지 저장방식의 신기원을 달성한 배터리 Z 덕분에 급격하게 성장한 문수 다이나믹스는 연간 매출 50조 원을 달성했다.

이는 대한민국 기업을 통틀어서 3위에 해당하는 어마어마한 규모였다.

사실 더욱 경악할 만한 사실은 순이익의 규모다.

문수 다이나믹스의 순이익률은 무려 60퍼센트로 연간 순이익 금액만 30조 원에 달했다.

만일 송염이 합작중인 외국 기업의 이익을 통 크게 보장해주지 않았다면 이 이익률은 85퍼센트까지 솟구친다.

제조업으로서는 상상하기 힘든 이익률이지만 놀랄 일은 이것으로 끝이 아니다.

연간 30조 원의 천문학적인 순이익금의 주인은 오직 한 사람 송염뿐이다.

이는 문수 다이나믹스가 아직 비상장회사라는 특성에 기인한다.

단 3년 만에 송염은 세계 10대 부자 명단의 말석에 이름을 올렸다.

하지만 이 순위를 믿는 사람은 아무도 없었다.

만일 문수 다이나믹스가 상장을 한다면?

전문가들은 문수 다이나믹스의 주식 주당 가격을 1,000만 원 이상으로 평가하고 있다.

문수 다이나믹스의 주식 99.99퍼센트를 가지고 있는 송염에게 돌아올 부는 감히 상상할 수 없는 규모가 될 것이 분명하다.

그러나 송염은 이에 만족하지 않았다.

앞으로 진행할 계획에는 한 나라 예산의 몇 배에 달하는 거금이 필요했다.

더 많은 돈을 벌기 위한 치열한 궁리 끝에 송염은 새로운 제품을 출시했다.

기간망용 전기저장 플랜트가 바로 그것이다.

전기는 기본적으로 보관이 어려운 에너지다.

발전소에서 나온 전기는 사용하지 않으면 사라진다.

때문에 산업시설 등의 영향으로 전기 소요가 많은 낮의 소모량을 기준으로 발전된 전기는 밤에는 남아도는 상태가 된다.

이렇게 낭비되는 전기를 조금이라도 효율적으로 이용하기 위해 양수 발전소나 심야전기 보일러 등의 방법이 사용되지만 이런 방법들은 비용이나 효율 면에서 낭비적인 요소가 너무 많다.

이런 상황에서 문수 다이나믹스에서 생산하는 기간망용 배터리를 사용하면 이야기가 달라진다.

자동차용 배터리와 달리 효율을 규제하지 않은 기간망용 배터리는 그 규모에 따라 거의 무제한으로 전기를 충전할 수 있다.

즉, 밤에 남아도는 전기를 기간망용 배터리에 충전해 두었다가 낮에 쓰는 일이 가능해지는 것이다.

사용 범위를 더 확대해 보면 봄과 가을처럼 수요가 적을 때 저장해 두었던 전기를 여름과 겨울에 사용하는 일도 가능해 진다.

송염은 한전과 손을 잡고 전국에 기간망용 배터리 플랜트를 건설했다.

그리고 봄과 가을의 남아도는 전기를 저장했다가 여름과 겨울철 전력 수요가 급등할 때 사용했다.

1년 평균으로 환산하니 나라 전체의 에너지 소모가 극적으로 줄어들었다.

문수 다이나믹스이 신제품을 주시하고 있던 세계 각국에서 반응이 오기 시작했다.

가장 큰 관심을 보이는 나라는 북유럽의 노르웨이와 스웨덴이었다.

이 두 나라는 수력 발전 비율이 높아 강과 호수가 얼어붙는 겨울에는 화력 발전에 의지할 수밖에 없는 구조적 문제를 가지고 있었다.

두 나라를 시작으로 전 세계에 전력저장 플랜트가 수출되었다.

당연히 송염은 더욱더 많은 돈을 벌어 들였다.

Chapter 82
제2회 문수대전

조덕구를 달래 내보낸 송염은 커피 한 잔으로 정신을 깨운 다음 대연무장으로 향했다.

대연무장은 새벽안개를 뚫고 수많은 인원들이 오늘 밤에 벌어질 제2회 문수대전의 막바지 준비에 여념이 없었다.

송염이 모습을 드러내자 행사의 총괄 준비를 맡은 김계숙이 다가왔다.

"준비는 잘되어 갑니까?"

"중계 카메라 세팅만 끝나면 모든 준비가 마무리됩니다. 태상장로님."

제2회 문수대전은 단 한 가지의 목적을 가지고 준비되었다.

"오늘을 기점으로 문수파는 외부로 나갑니다. 지금까지 축적된 힘을 외부에 선보이는 자리이니만큼 조금의 실수도 없어야 할 것입니다."

"명심하고 있습니다."

김계숙은 무려 1년 동안 제2차 문수대전 준비에 매달렸다.

어젯밤도 꼬박 날을 샜는지 김계숙의 얼굴에는 다크서클이 턱까지 내려와 있었다.

송염은 그런 김계숙의 어깨를 두드려 치하해 준 후 대연무장을 바라보았다.

방송국 직원들이 100대가 넘은 카메라를 설치하고 있는 모습이 보였다.

중계는 마음의 빚(?)을 지고 있던 SBC 방송국에게 맡겼다.

오늘 문수대전은 SBC 채널뿐만이 아니라 인터넷을 통해 전 세계로 중계될 예정이었다.

그 모습을 보자 약간의 흥분과 더불어 절로 흥이 났다.

송염은 주먹을 불끈 쥐는 것으로 떨리는 몸을 진정시켰다.

송염은 이번 행사를 위해 정부인사들과 여야를 막론한 정치인들, 군장성들 그리고 경제계 인사를 포함한 사회지도층

인사들을 대거 초대했다.

오후가 되자 그렇게 초대한 각계의 귀빈들이 하나둘씩 모여들기 시작했다.

귀빈들 중 가장 높은 위치에 있는 사람은 김찬성 국무총리였다.

"먼 길 오시느라 수고하셨습니다, 총리님."

"하하하하, 송 장로. 여전하구만."

"총리님보다 더하겠습니까? 하하하하."

"대통령님께서 안부 전하셨네. 일전에 보내준 약이 효과가 좋다고 정말 좋아하시더구만."

"안 그래도 더 좋은 영약의 연단에 성공했습니다. 돌아가실 때 몇 알 챙겨드리지요."

송염의 말에 국무총리가 헛기침을 하며 딴청을 피웠다.

"흠흠."

"하하하, 당연히 총리님께도……."

"하하하하, 난 송 장로가 이래서 좋더라. 요즘 젊은 사람답지 않게 눈치가 빨라."

"하하하하. 모두 다 총리님의 가르침 덕분입니다."

웃고 있었지만 송염의 속마음은 북풍한설이 몰아치고 있었다.

'참자, 참아. 참을 인 세 개면 살인도 면한다고 했어.'

지금에야 일부 언론에서 문수파에 대한 현 정부의 특혜논란이 있을 정도로 밀월관계지만 처음부터 그런 것은 아니었다.

　현 정부는 출범 당시부터 진퇴양난에 빠져 있었다.

　이유는 전 정부의 실정 때문이었다.

　전 정부는 시대에 걸맞지 않은 거대 토목사업으로 국고를 탕진했다. 문제는 많은 반대를 무릅쓰고 진행된 토목사업이 모두 실패로 돌아갔다는 점이었다.

　현 정부는 전 정부가 싸놓은 똥을 치우기도 바빠 시대의 화두인 복지 정책에서 후퇴에 후퇴를 거듭하고 있었다.

　당연히 현 정부의 지지율은 출범하자마자 삐거덕대기 시작했다.

　돈이 필요했던 현 정부는 동원할 수 있는 모든 방법을 총동원해 재정확충에 나섰다.

　가장 손쉬운 방법은 각종 과징금과 벌금이었다.

　사거리마다, 횡단보도마다 경찰관들이 눈을 부릅뜨고 교통 위반 단속을 했고, 식약청과 소방서 등 과징금을 부과할 수 있는 관청들은 모두 거리로 나갔다.

　그러나 과징금과 벌금을 아무리 걷은들 국가 차원에서 보자면 푼돈에 지나지 않는다.

　당연히 여론도 한층 악화되었다.

그러자 다음으로 정부가 선택한 방법은 전정부와 긴밀한 관계에 있던 대기업들의 목을 졸라매는 것이었다.

정부는 전가의 보도처럼 세무 조사의 칼날을 휘둘렀다.

망나니 칼춤 추듯 휘둘러지던 칼날은 이윽고 문수 다이나믹스에게까지 날아왔다.

문수 다이나믹스는 정부에게는 먹음직스러운 떡과 같았다.

다른 대기업들처럼 혈연으로 정치계와 연결되지도 않아 방패가 되어줄 인맥도 없었고 고용인원도 동급의 매출을 올리는 대기업에 비하면 100분지 1의 수준도 못 되었다.

이윽고 50명에 달하는 세무 공무원이 문수 다이나믹스에 들이닥쳤다.

송염은 눈 하나 깜짝하지 않았다.

처음부터 송염은 탈세할 생각이 눈곱만큼도 없었다.

그래서 총관 조덕구가 한탄했듯이 세금 문제만큼은 무식하다는 소리를 들을 만큼 철저하게 대비했기 때문이다.

대비라고는 하지만 별다른 방법을 쓴 것은 아니었다.

송염은 세금에 대한 대비도 돈으로 했다.

즉, 세금을 신고할 때 예상되는 세금의 열 배를 내는 만행을 저지른 것이다.

한 달에 걸친 세무 조사결과 기막힌 사실이 밝혀졌다.

문수 다이나믹스가 세금을 덜 내기는커녕 오히려 5,000억 원에 달하는 세금을 더 냈다는 사실이 밝혀졌다.

송염은 기다렸다는 듯 세금 환급을 요청했다.

당장 없는 살림에 5,000억 원에 달하는 막대한 돈을 환급해 줘야 할 처지에 처한 정부는 난국을 타파하기 위해 비열한 수를 들고 나왔다.

다음 날 일간지 신문 1면은 온통 문수파에 대한 기사로 채워졌다.

—오대산 문수파 부지 불법 매입 의혹!

—거액의 뇌물을 주고 토지 용도변경.

—검찰, 관계 공무원 소환조사 할 것이라고 밝혀.

전혀 사실이 아니었다.

문수파가 들어선 부지는 모두 합법적인 절차를 거쳐 용도가 변경되었다.

그 과정에서 돈을 준 일은 절대로 없다.

그러나 사실 여부는 중요하지 않았다.

문수파에 대한 공격은 더욱 전방위적으로 악랄하게 이뤄졌다.

신문들은 전직 문수파 문도였다는 사람들을 등장시키기 시작했다.

—나는 악마의 소굴에서 도망쳐 나왔다.
—문수파에서 100일. 나는 인간이 아니었다.
—그곳은 지옥이었다.

문수파 문도라고 자처하는 사람들은 모두 6개월의 예비 문도 과정에서 탈락한 이들이다.

송염은 김계숙을 통해 몇몇 언론과 접촉해 반박 자료를 배포했지만 씨알도 먹히지 않았다.

오히려 기사의 수위는 점점 도를 넘어 극단으로 치닫기 시작했다.

가장 결정적인 기사는 개신교 계통의 한 신문에 실렸다.

—문수파 관계자 단독 인터뷰.
문수파는 태상장로 송염을 정점으로 한 종교집단이다.
송염은 스스로 살아 있는 신을 자처하고 있으며 타 종교를 믿고 있는 문도들의 종교의 자유를 억압하고 있다.
일전 문수파를 탈출한 문도들은 모두 자신의 신앙을 지키기 위해 그런 행동을 취한 것이다.

세금을 탈루했다는 소식보다 땅을 부정한 방법으로 용도 변경했다는 소식보다 더 큰 반향이 일어났다.

문수파의 산문 밖에 '불신지옥, 예수천국' 푯말을 든 사람들이 모여들었다.

그들은 예수를 부르짖으며 문수파와 송염을 악마라고 비난했다.

그리고 급기야는 문수파 경내로 침입해 불을 지르기까지 했다.

그런 자들을 막는 도중에 신체적 충돌이 벌어졌다.

문수파의 문도들은 기와 무술의 힘으로 인간이 상상할 수 없는 경지에 다다른 자들이다.

아무리 조심한다고 해도 일반인과의 충돌은 피를 부를 수밖에 없었다.

평화롭게(?) 기도를 하던 신도들이 폭행을 당했다는 소식이 전해졌다.

사실 다친 사람들은 개신교에서도 외면하는 극단적인 광신도들이었다.

하지만 일단 그들이 다치고 나자 상황이 급변했다.

전국에서 사람들이 모여들었다.

그들 중에는 개신교도도 있었지만 인권을 부르짖는 진보

단체 활동가들도 보였고 환경단체에서 나온 활동가의 모습도 있었다.

이쯤 되자 송염은 두 손 두 발 다 들고 말았다.

천안당을 통해 이 모든 사건의 배후에 정부가 있다는 사실은 파악했지만 달리 방법이 없었다.

"사람들은 내가 돈이 많은 게 싫은 거야. 정확히 말하면 벼락부자가 된 내가 싫은 거지."

사실 한국인들은 너무 잘났다.

그래서 나보다 못난, 별 볼 일 없는 사람이 잘나가는 모습을 못 견뎌 한다.

그러면서도 전통적인 부자나 권력자들에게는 별다른 저항감을 갖지 않는다.

그런 측면에서 봤을 때 송염은 매우 먹음직스러운 먹잇감이다.

3류 대학을 나와 차력으로 얼굴을 알리고 무술 단체의 주인이 됐다.

여기까진 견딜 만하다.

개천에서도 용은 나는 법이고 시궁창에도 연꽃은 피어난다.

그런데 그런 인간이 어느 순간 세계 10대 부자로 변신해 나타났다.

깊이 생각해 볼 필요도 없다.

무언가 비리가 있지 않고서는 절대로 있을 수 없는 일이다.

대한민국의 역사가 증명하다시피 나보다 못난 송염이 그런 성공을 거둔 것은 정상적인 방법으로는 절대 불가능하다.

배가 아프다.

내 배를 아프게 했으니 송염은 욕을 얻어먹어도 싸다.

송염은 인간이 들을 수 있는 모든 욕을 한꺼번에 먹었다.

"1,000살까지 살 수 있을 거야."

송염은 씁쓸하게 크리스티나에게 자신의 심정을 토로했었다.

그렇다고 계속당하고만 있을 수는 없다.

처음에는 자신이 가진 힘을 동원해 저 뒤편에서 여론을 조작하고 있는 정치인들을 모조리 박살 낼까 하는 생각도 했었다.

하지만 송염은 그 생각을 접었다.

송염에게는 원대한 계획이 있다.

그 계획에 비하면 지금의 소동은 아주 작은 해프닝에 불과하다.

이런 작은 일에 머뭇거리다가는 계획을 시작도 못하고 좌초할 것이 분명하다.

'어차피 계획이 시작되면 지금 먹는 욕의 백 배는 더 먹을

거야.'

그때를 대비해 여론을 송염의 편으로 만들 필요가 있었다.

송염은 일보 후퇴를 선택했다.

여론을 돌리는 일은 백지장을 뒤집는 일보다 쉬웠다.

송염은 언제 어떤 상황에서나 효과가 확실한 실탄, 즉 돈을 난사했다.

대한민국의 모든 일간지에 문수 다이나믹스와 문수파의 이미지 광고가 실렸다.

그것도 단순히 전면 광고 수준이 아니라 매일매일 6페이지 전면을 광고로 채웠다.

그렇게 일주일을 지속하자 신문들의 논조가 누그러지기 시작했다.

광고가 생명줄인 신문들로서는 일약 최대 광고주로 등장한 문수파에 대한 거짓기사를 쓰기가 부담스러워졌다.

효과가 나타나자 송염은 이번에는 신문 길들이기에 나섰다.

송염은 모든 신문사의 광고 페이지 숫자를 10면으로 늘렸다.

반면에 가장 부정적이고 악랄하게 조작기사를 쓴 신문에 대한 광고는 2면으로 줄였다.

이렇게 다시 2주일을 지속했다.

이쯤 되자 신문사가 바보가 아닌 이상 송염이 보내는 메시지의 의미를 모를 리 없다.

신문사들은 자신들도 모르게 타 신문사의 기사 논조를 살피며 정부와 송염 사이에서 줄타기를 시작했다.

결론은 이미 내려져 있었다.

신문사들은 클릭수로 버는 돈에 눈이 먼 하이에나들이었다.

그런데 클릭수보다 광고 수익이 몇 배나 많았다.

신문사들은 눈에 보이지 않는 정부의 압력보다 눈에 보이는 돈을 쫓기로 결정했다.

신문사의 논조가 눈에 보일 정도로 문수파에 대해 호의적으로 변하기 시작했다.

그들은 기존 기사를 철저히 부정하는 기사와 더불어 송염이 독립유공자 협회에 무려 1,000억 원이란 거금의 기금을 출연했다는 사실을 적극적으로 부각시켰다.

전 신문사가 앞다투어 송염의 선행을 칭찬하고 나서자 여론도 차츰 문수파에 호의적으로 변하기 시작했다.

내친걸음이었다.

송염은 막대한 분량의 CF폭탄 투척으로 지상파 방송과 케이블 방송마저 자신에게 호의적인 방송을 하도록 만들어 버렸다.

돈의 힘을 빌려 언론을 효과적으로 제어한 송염은 이번에
는 정부와의 거래에 나섰다.

우선 쓰린 속을 부여잡고 당연히 환급받아야 할 세금
5,000억 원을 깨끗하게 포기했다.

동시에 10조 원이란 거금을 투입해 저소득 계층에 대한 장
학사업을 목적으로 하는 문수 재단을 설립했다.

장학재단을 설립한 것은 복지예산 마련 때문에 골머리를
썩고 있는 정부를 돕겠다는 의미였다.

문수 재단의 이사장은 송염이 맡았지만 이사진은 모두 여
야 거물급 정치인들로 채워 넣었다.

정치인들도 대환영이었다.

대한민국 최대의 장학재단 이사라는 직함도 좋았지만 떡
이 크면 그만큼 콩고물이 많이 묻는다는 사실은 시대를 막론
하고 진실이었다.

이사로 선임된 정치인들로 벽을 쌓자 압력이 줄어들었다.

송염은 내친김에 국방성금으로 역시 10조 원을 쾌척했다.

이는 정부의 재정을 도와주어 압력을 해소하려는 목적도
있었지만 국방력 강화는 자신의 차후 계획에도 큰 도움이 되
어 결정한 사안이었다.

더불어 각 분야에서 사회에 공헌한 사람 300명을 선발해 각각 5억 원을 상금으로 주는 문수대상이란 상도 설립했다.

상을 받을 사람의 선발은 전적으로 이번 문수대전이 끝난 후 전국적으로 문을 열 문수파 지부에서 맡기로 했다.

또한 송염은 평소 대한민국에서 유일하게 밥값을 하는 공무원이라고 생각하고 있던 소방관들을 위해 전국 소방서의 장비 현대화에 사용하도록 5,000억 원을 쾌척했다.

그리고 5,000억 원을 더 투자해 화재 진압시 다친 소방관들의 치료와 순직한 소방관들의 유가족을 위한 기금까지 조성했다.

그렇다고 송염이 당하고만 있었던 것은 아니었다.

송염은 문수재단을 통해 슬며시 정부에 폭탄 하나를 심었다.

송염이 심은 폭탄은 미국의 링컨법(Lincoln Law)에서 착안한 상으로 이름은 '착한 문수상'이었다.

노예해방으로 잘 알려진 링컨 대통령은 1863년 일명 '링컨법'이라고 불리는 연방 부정 청구법을 제정했다.

이 법은 내부 고발을 장려하고 내부 고발자들에게 타당한 보상을 해주도록 되어 있다.

송염은 이 보상을 문수재단에서 대신해 주기로 결정했다.

보상의 규모도 파격적이었다.

—비리를 고발한 의인에게 필요한 모든 법률 서비스와 생활비 일체. 그리고 의인이 평생 벌어들일 수 있으리라 믿어지는 가상 수입의 10배.

이를 위해 송염은 중소규모 로펌 한 개도 인수하는 파격을 보였다.

로펌은 착한 문수상 대상자에게만 법률 서비스를 제공하는 것은 아니었다.

평소에는 법률 취약층을 대상으로 무료 내지는 실비만 받고 법률 서비스를 하도록 했다.

방송들 덕분에 호의적으로 변해가던 문수파에 대한 평판은 송염이 벌린 사회 사업과 기부로 인해 더 이상 좋아질 수 없을 만큼 호전되었다.

문수파가 사람들의 입에 오르내리는 만큼 덩달아 송염의 이름도 한국인이라면 모르는 사람이 없을 만큼 인지도가 높아졌다.

이미 줄을 대고 있던 정치인들 중에서는 송염에게 정치를 하라는 조언이 있을 정도였다.

이쯤 되자 정부도 더 이상 문수 다이나믹스에 대한 압박을 계속하기 힘들어졌다.

정부는 세무 조사를 중지하는 것으로 송염이 내민 화해의 손길을 붙잡았다.

송염도 두 가지 조치를 더해 정부의 조치에 화답했다.

우선 전국에 한참 건설 중인 200개소의 문수파 지부에 부속 시설로 영유아 보육 시설과 노인을 위한 요양 시설을 건립하겠다고 발표했다.

이 보육 시설과 요양 시설에는 최고의 설비와 최고의 인력을 둘 것이며 취약계층을 중심으로 무료로 운영될 것이란 설명이 뒤따랐다.

더불어 문수파에서 운영하는 시설들은 정부의 보조를 전혀 받지 않겠다고 선언했다.

송염은 이런 시설들이 문수파 지부가 확대될수록 더 늘어날 것이라고 확언했다.

이는 정부의 골칫거리였던 복지 정책의 일부분을 문수파가 떠안는 것이나 다름없었다.

당연히 정부는 송염의 발표를 환영하고 나섰다.

마지막으로 송염은 약학당에서 제조한 영약들을 친분이 있는 정치인들에게 제공했다.

이 약들은 문도들 중에서도 특별히 선택된 최고의 인재들에게만 제공되는 것으로 꾸준히 복용하면 원기를 보충하고 신체의 나이를 10년 이상 어리게 만드는 기적과 같은 효과를 발휘하는 영약이었다.

국방성금과 복지비용을 부담했을 때도 시큰둥하던 정치인들은 이 영약 몇 알에 송염의 열광적인 팬이 되었다.

건강이라면 소똥도 먹길 마다하지 않는 정치인들이다.

정치인들은 어떻게든 송염과 줄을 대려고 노력했다. 덕분에 목에 힘이 들어간 이들은 문수재단의 이사로 이미 송염과 줄을 대고 있던 정치인들이었다.

결정적인 순간이 다가왔다.

청와대에서 송염에게 국민훈장 중 최고 등급인 무궁화 훈장을 추서하겠다는 결정을 내렸다.

송염은 청와대 비서실로부터 "대통령님이 기대가 크십니다"라는 이야기를 전해 들었다.

청와대로 불려간 송염은 훈장을 받고 저녁 한 끼를 대접받은 후 최고의 영약을 대통령에게 바쳤다.

*   *   *

부글부글 끓어오르는 마음을 억지로 억누르며 국무총리를 상석에 앉힌 송염에게 감색제복을 입은 남자가 다가왔다.

의전을 맞고 있던 문도가 남자를 소개했다.

"소방방제 청장이신 이문수 소방 총감이십니다."

송염은 먼저 악수를 건넸다.

"먼 길 오시느라 수고 많으셨습니다, 청장님."

"태상장로님은 저희 소방관들의 은인이십니다."

이문수 청장은 송염의 두 손을 맞잡고 연신 고마움을 표했
다.

"그런 말씀하지 마십시오. 오히려 항상 국민의 안전을 위
해 노력하시는 소방관 여러분께 제가 감사할 뿐입니다."

"고마운 말씀이십니다."

"혹여 제가 도움이 될 일이 있으면 말씀해 주십시오. 제 능
력이 닿는 한 얼마든지 돕겠습니다."

"그렇게 말씀해 주시니 염치 불구하고 한 가지 부탁이 있
습니다."

옆에서 아니꼬운 눈빛으로 이문수 청장을 바라보고 있던
국무총리가 끼어들었다.

아무래도 자신이 밀려난 것 같아 역정이 난 모양이었다.

"어허, 사람이 염치가 있어야지요. 무려 1조입니다. 1조, 1조
가 누구 집 강아지 이름입니까? 그런 거액을 이미 소방관들을
위해 쾌척하신 분에게 또 무슨 부탁입니까?"

"죄, 죄송합니다, 총리님."

송염은 국무총리의 기름진 얼굴에 한 방 날리고 싶은 마음을 억지로 참으로 말했다.

"하하하하, 괜찮습니다. 말씀해 보십시오."

"그럼 염치 불구하고 말씀드리겠습니다. 다름이 아니라 저희 소방관들은 강인한 체력과 정신력이 필수로 요구되는 직업입니다."

"그렇지요. 인명과 재산을 구하기 위해 불구덩이로 뛰어드는 일이 쉬울 리 있겠습니까?"

"그래서 드리는 말씀인데 저희 소방관들을 문수파에서 교육시켜 주셨으면 합니다."

"당연히 그러겠습니다. 아니, 오히려 제가 감사합니다. 오늘 이 시간 이후로 문수파 도장의 문은 모든 소방관과 그 가족에게 활짝 열려 있습니다."

"그런데……."

이문수 총감이 국무총리의 눈치를 보며 말꼬리를 흐렸다.

송염은 이문수 총감의 마음을 알아차렸다. 빠듯한 예산과 소방관들의 월급으로 별도의 교육을 이수하는 일은 결코 쉽지 않다.

"당연히 비용은 무료입니다. 더불어 소방관 여러분의 체력을 위해 문수파가 제조한 영약을 보급해 드리겠습니다."

"감, 감사합니다."

생각지도 못한 영약까지 주겠다는 약속을 들은 이문수 총감이 고개를 숙여 사의를 표한 다음 멀어져 갔다.

그 모습을 보고 있던 국무총리가 다시 끼어들었다.

"생각보다 송 장로는 무르십니다."

"무르다니요? 무슨 말씀이십니까?"

"자고로 아랫것들은 주면 줄수록 더 바라는 법입니다. 적당히 배가 곯아야 말을 더 잘 듣는다는 말입니다."

"……."

송염은 스스로가 대견하다고 생각했다.

'내가 수련을 잘했나 봐. 이런 개소리를 듣고도 주먹을 날리지 않았으니 말이야.'

그런 속도 모르고 국무총리를 계속 좋알댔다.

"그런 영약이 있으면 돈을 벌어야죠. 그래서 말인데 제 사위가 조금만 무역회사를 경영합니다. 그 회사를 통해 수출을 하면 엄청난 돈을 벌 수 있을 겁니다."

"……."

수련도 필요없었다.

수양도 소용없었다.

부처님도 돌아앉을 말을 듣다 못한 송염은 국무총리에게 살짝 버프를 걸었다.

버프는 완벽하게 먹었다.

국무총리는 그 이후로도 한참을 떠들었지만 송염의 귀에
는 전혀 들리지 않았다.

송염이 국무총리에게 건 버프는 대상을 침묵시키는 사일
런트 버프였다.

'좀 셨어.'

만렙 사일런트 버프를 받은 국무총리는 무려 일주일 동안
벙어리 신세로 지내야 했다.

문수대전의 막이 올랐다.

송염은 이번 문수대전에는 자신과 크리스티나의 버프와
마법을 동원한 퍼포먼스를 보여주지 않았다.

전체 진행을 맡은 김계숙이 두 사람의 등장 방법을 물어왔
을 때 송염은 이렇게 대꾸했다.

"자신이 없을 때나 윗대가리들이 나서는 법이야."

송염의 자신대로 문수대전에 등장한 제자들은 인간이 아
닌 속도와 기술로 서로의 기량을 겨루었다.

관객들은 박수를 치며 잘 짜인 공연을 보듯 탄성을 연발했
다.

"인간이 저런 동작을 하는 게 가능하군."

"세상에 하늘에서 내려오는 모습이 마치 투명한 계단을 밟
고 내려오는 것 같아."

"풀잎을 밟고 날듯이 뛰는 것은 어떻고……. 정말 인간으로 저런 동작이 가능한가?"

"초상비라는 기술이라고 하더라고."

"나도 배웠으면 좋겠다."

"문수대전이 끝나면 문수파 지부 도장들이 일제히 문을 연다고 하니 등록해 보지그래."

각종 시범으로 시작된 문수대전의 백미는 누가 뭐래도 대련이었다.

대련은 시범과 달리 또 다른 놀라움을 선사했다.

"안 보여."

"희뿌연 무언가가 움직이고는 있는데… 설마 저게 사람이야?"

"믿기지 않아."

"태능선수촌은 초상집이겠다."

"태능선수촌만이겠어? 세계의 난다 긴다 하는 운동선수들은 심각하게 전직을 고려해 봐야 할거야."

"하긴, 저들이 올림픽에 나가면 금메달이란 금메달은 모조리 쓸어올 테니."

대련이 끝나면 곳곳에 설치된 초대형 전광판을 통해 슬로 비디오로 대련의 모습이 다시 리플레이되었다.

"눈 깜빡할 시간에 손과 발이 몇 번이나 교차하는 거야?"

"인간이 아니야, 인간이."

"더 무서운 것이 있어."

"더 무서운 것이라니?"

"저들은 문도들 중에서도 일반 문도라면서?"

"그렇지."

"그럼, 상급문도들과 장로들은 도대체 어떤 실력을 가지고 있다는 이야기야?"

"……."

"……."

대화를 나누던 관객들의 시선이 단상 위, 가장 높은 자리에 국무총리와 함께 앉아 있는 송염에게 쏠렸다.

관객들은 여유롭게 대련을 관전하고 있는 송염의 모습에서 한 가지 생각을 떠올렸다.

'부러운 자식.'

세계 최고의 부자이면서 인간이 아닌 무술 능력을 보유하고 있고, 거기다 5,000명이 넘는 역시 인간이 아닌 능력을 가진 부하를 거느린 남자.

그 남자가 바로 송염이다.

관객들의 시선을 한 몸에 받고 있는 사실을 아는지 모르는지 송염은 한가롭게 코딱지를 파고 있었고 그 모습은 방송과 인터넷을 통해 전 세계로 생중계되었다.

같은 시각 일본 도쿄의 아카사카 이궁에서는 텔레비전을 시청하던 일단의 남녀노소가 경기를 일으키고 있었다.

"그 남자야."

"그 여자도 있어."

"그 남자와 그 여자 같은 능력을 가진 사람이 수천 명이야."

"⋯⋯."

"⋯⋯."

"⋯⋯."

그 순간 천황 일가는 한마음 한뜻으로 굳게 맹세했다.

'절대로 비밀을 지켜야 해. 지금 이 순간에도 우릴 감시하고 있을지도 몰라.'

더불어 또 한 가지 현실도 자각했다.

'이제 다시는 일본이 한국을 넘볼 수 없을지도⋯⋯.'

미래의 일이지만 천황 일가의 생각은 정확했다.

Chapter 83
선언

문수대전은 전 세계에 핵폭탄과 같은 충격을 던져주고 성
대하게 막을 내렸다.

 송염은 완벽하게 행사를 진행한 김계숙을 치하한 다음 집
무실로 향했다.

 집무실에는 조덕구가 초로의 한 남자와 함께 송염을 기다
리고 있었다.

 "태상장로님, 김선동 씨입니다."

 송염은 남자에게 손을 내밀었다.

 "반갑습니다, 송염입니다."

"김선동입니다."

김선동은 짧고 굵게 자신이 이름의 됐다.

'비슷해.'

송염은 김선동에게서 마동식의 모습을 찾았다.

김선동은 마동식처럼 생과 사의 갈림길을 수차례 넘어본 경험이 있는 남자였다.

"먼 길 와주셔서 반갑습니다, 김 회장님."

송염은 김선동을 회장이라고 호칭했다.

실제로 김선동은 탈북자 인권협회 회장 직함을 가지고 있었다.

'이름 김선동, 나이 55세, 평양태생, 북한 노동당 35호실 소속, 인민무력부 정찰총국 대좌, 1994년 탈북, 1996년 미얀마를 통해 한국으로 귀순. 현 탈북자인권협회 회장. 무엇보다……'

자리를 잡고 앉자 김선동이 물었다.

"불러주셔서 왔긴 하지만 왜 저를 보자고 하셨는지 모르겠습니다."

"회장님께서 하시는 일 때문입니다."

"제가 하는 일이라시면……"

"회장님은 귀순하신 이후 줄곧 북한탈북자를 한국으로 구출하는 일을 하고 계시는 걸로 알고 있습니다."

"그렇긴 합니다만……."

"혹시 마동식, 마희진, 아니, 마순실 남매를 기억하십니까?"

"……."

김선동은 한참 동안 기억을 더듬더니 대답했다.

"죄송합니다만, 솔직히 기억이 나지 않습니다."

"이해합니다. 혹시 지금까지 구출한 북한탈북자가 몇 명이나 되는지 말씀해 주실 수 있을까요?"

"상관없겠죠. 대략 5,000명쯤입니다."

"대단하십니다."

송염은 진심으로 감탄했다.

김선동의 어조는 아무 일 아니라는 듯 편안했지만 어찌 탈북자들을 구출해 한국으로 데려오는 일이 쉬운 일이겠는가.

그것도 한두 명이 아니라 무려 5,000명이다.

그런 숫자를 죽음의 문턱에서 구해냈으니 마동식과 마희진 남매를 기억하지 못하는 것도 어쩌면 당연한 일이다.

"마동식, 마순실 남매는 회장님께서 구한 탈북자입니다. 우리 문수파의 장로이기도 하구요."

"그렇군요. 잘됐습니다. 정말 잘됐습니다."

김선동은 자신이 구한 어린 남매가 대문수파의 장로가 되었다는 소식에 진심으로 기뻐했다.

"한 번 보고 싶군요. 정말 보고 싶습니다."

"지금은 어렵습니다."

"아, 어디 나가셨나 보군요. 아쉽네요."

송염은 잠시 대답을 망설였다.

김선동은 민간인 중에 북한 사정에 가장 능통한 인물이긴 하다.

그렇지만 김선동은 정부와도 인연이 깊다는 정보가 있다.

'하긴, 5,000명의 탈북자를 입국시켰는데 정부와 줄이 없다면 오히려 이상하지. 어쨌든!'

내친걸음이다.

동식, 희진 남매를 구하기 위해서는 김선동의 협조가 필수적이다.

결심을 굳힌 송염은 사실을 이야기했다.

"지금 북한에 있습니다."

"네? 북한에 붙잡혀 있다는 말씀이십니까?"

김선동이 믿기지 않는다는 듯 되물었다.

"꼭 그렇진 않습니다."

송염은 백두산의 동굴과 그 동굴에서 갈 수 있는 이계에 대해 설명했다.

"제가 가진 힘과 문수 다이나믹스에서 판매하고 있는 제품들, 문수파의 힘들은 모두 이계에게 온 것들입니다."

"믿기 어려운 일이군요."

"믿으셔야 합니다. 문수대전을 직접 보지 않으셨습니까."

"그렇긴 합니다만……."

믿음을 주기 위해서는 직접 경험하게 해주는 것보다 효과가 있는 방법은 없다.

송염은 자리에서 일어나 벽에 장식용으로 걸려 있던 검을 집어 들었다. 그리고 검을 휘둘러 옷걸이를 단숨에 두 토막으로 잘라 버렸다.

"인간문화재이신 장인께서 일 년에 걸쳐 만드신 진검입니다."

"네……."

"이제 이 검을 회장님께 휘두를 것입니다."

"네?"

송염은 김선동에게 스톤스킨 버프를 걸었다.

그리고 검을 휘둘렀다.

깡!

기겁을 하고 피하던 김선동의 팔에 부딪친 검이 튕겨 나왔다.

"……."

"저를 대상으로 시험하셔도 좋습니다."

송염은 김선동에게 검을 건넸다.

김선동도 보통 사람은 아니었다.

검은 받아든 김선동은 몇 번 검을 휘둘러보더니 자세를 잡았다.

"태상장로님의 말씀이 진실이길 원하며 이 검을 사용하겠습니다."

"얼마든지요."

김선동이 휘두른 검이 송염의 목에 맞고 멈춰 섰다.

"사실이군요."

"사실입니다."

몸을 투명하게 만들고 장풍을 날리고 조금 전 휘둘렀던 검을 종이처럼 구기는 퍼포먼스가 이어졌다.

김선동의 표정이 밝아졌다.

"이런 능력을 가진 태상장로님과 문수파의 힘이라면 북한을 무너뜨릴 수 있습니다. 썩어빠진 민족의 반역자 김정은을 비롯한 수뇌부를 암살하는 방법으로요."

송염은 천천히 고개를 저었다.

"현재 상태로 북한을 붕괴시키는 일은 한민족의 공멸을 의미합니다."

"그렇지 않습니다. 한민족은 불굴의 역량을 가지고 있습니다. 대한민국만 봐도 그렇지 않습니까? 일제강점기와 한국전쟁의 폐허를 딛고 일어나 이만큼의 부를 쌓아 올리지 않았습니까? 북한도 그럴 수 있습니다. 기회만 주어진다면 말입니다."

"저도 일정 부분 회장님의 말씀에 동의합니다. 하지만 현실은 그리 녹록하지 않습니다."

"이유를 말씀해 주십시오. 절 설득해 보십시오."

김선동은 절박하게 말했다.

"대한민국의 역사를 볼까요? 일제 강점기를 벗어나기 위해 한국인은 많은 피와 눈물을 흘렸습니다. 하지만 정작 패전 후 처리에는 참여하지 못했습니다. 그 결과 기회주의자들이 정권을 잡았습니다. 그들은 운도 좋았지요. 동서 냉전의 와중에 미국에게 많은 원조를 받을 수 있었고 그 원조를 바탕으로 경제 개발도 성공했습니다. 하지만 그 결과 대한민국은 기회주의자들, 친일파들의 천국으로 변했습니다."

"……"

"그들은 자신의 이익을 위해 이념을 이용하길 서슴지 않았습니다. 그들은 대한민국에 북한이란 단어를 악의 대명사로 각인시켰습니다. 이제 한국인들은 북한의 지도층과 북한 동포를 구분하지 않습니다. 단도직입적으로 말해 한국인은 북한과의 통일을 원하지 않는다는 말입니다. 그 이유는 단순합니다. 한국인들은 스스로의 힘으로 과거를 단죄한 적이 없기 때문입니다."

김선동은 반박할 수 없었다.

탈북자는 어쩔 수 없이 한국 사회의 주변인이다. 그렇게 주변인으로 살면서 김선동은 송염이 지적한 부분을 누구보다 뼈저리게 느끼고 있었다.

잠시 숨을 고른 송염은 질문을 던졌다.

"만일 제가 북한 수뇌부를 암살해 북한을 붕괴시킨다면 북한 주민들은 어떻게 반응할까요?"

"······."

김선동은 쉽게 대답하지 못했다.

질문을 던진 송염이 자답했다.

"북한 주민들은 스스로 무언가를 해본 경험이 없습니다. 반세기 넘게 김일성, 김정일, 김정은이 시키는 일만 하는 피동적인 인간으로 전락한 것입니다. 그런 북한 주민들이 기회주의자들이 경쟁 일변도로 만들어둔 대한민국 사회와 만났을 때 어떤 일이 벌어질까요?"

혼란, 혼돈, 폭력, 시기, 질투.

온갖 부정적인 단어가 김선동을 사로잡았다.

그러나 포기할 순 없었다.

북한을 해방시키는 일은 평생의 소원이었다.

김선동은 따져 물었다.

"그럼, 그럼 왜 저에게 당신의 능력을 보여주셨습니까?"

"솔직히 말하자면 두 가지 목적이 있습니다. 그 첫 번째 목적은 제 친구들을 구출하는 일입니다. 이 구출 작전은 이계에서 이루어질 것임으로 많은 숫자의 병력이 필요합니다."

"문수파 말씀이시군요."

"그렇습니다. 그러기 위해 문수파를 북한 땅에 전개시키기 위해서는 안정적인 거점이 필요합니다."

"약간의 무리는 있겠지만 연변 인근에 장소를 마련할 수는 있을 겁니다. 문수파의 능력이면 눈을 피해 백두산에 있다는 동굴로 잠입하는 일은 그리 어렵지 않을 테니까요."

송염은 고개를 저었다.

"그 정도로는 부족합니다. 중국은 많은 인원과 물자가 장기간 머물 수 있는 장소가 아닙니다."

"그러시다면……. 혹시……."

"아마 그 혹시가 맞을 겁니다. 저는 양강도의 보천군과 함경북도 경성군을 잇는 축선의 이북을 북한에서 독립시킬 생각입니다."

"……."

북한의 북부 지역을 독립시키겠다는 폭탄과 같은 선언에 무거운 정적이 송염의 집무실에 내려앉았다.

송염은 정적을 깨뜨렸다.

"두 번째 목적은 첫 번째 목적을 이루기 위한 방법이자 또

한 북한의 미래에 대한 설계이기도 합니다. 말씀드렸다시피 북한을 단숨에 붕괴시키는 일은 장기적으로 볼 때 득이 없습니다. 저는 말씀드린 지역을 독립시켜 북한을 일종의 내전 상태로 만들 생각입니다. 그래야 외부의 압력—중국과 미국, 일본—에서 벗어날 수 있습니다."

"……."

"제가 이런 구상을 하게 된 가장 큰 이유는 북한 주민들의 세뇌 상태입니다. 반백 년 이상 계속된 일인 지배체제의 북한 주민 한 명을 설득시키는 일이 열 명을 설득시키는 일보다 쉽지 않겠습니까?"

멍하니 송염의 말을 듣고 있던 김선동이 입을 열었다.

"북한은 철저한 감시 사회입니다. 굳이 5호 담당제를 거론하지 않더라도 북한 주민들은 서로를 감시하고 고발합니다. 가능하다고 보십니까?"

"가능합니다. 전 종교를 이용할 생각입니다."

"종교라구요? 기독교 말씀이십니까?"

김선동은 가장 먼저 기독교를 떠올렸다.

중국으로 탈북한 북한 주민들을 구출하는 과정에서 가장 많은 도움을 준 집단이 기독교 특히 개신교 교회였기에 당연한 발상이었다.

송염은 부정했다.

"기독교는 아닙니다. 북한 주민들에겐 기독교에 대한 거부감이 너무 큽니다. 다년간에 걸친 세뇌작업 때문이겠지요. 그래서 전 우리민족 고유의 종교를 이용할 생각입니다."

"미신……."

"그렇습니다. 미신입니다."

송염은 한 시간 넘게 세부적인 계획을 김선동에게 설명했다.

모든 계획을 들은 김선동이 주먹을 불끈 쥐며 말했다.

"가능할 것 같습니다. 아니, 성공할 수 있습니다. 북한 주민들 사이에 점이 대중적으로 퍼져 있다는 사실을 고려하면 더욱 그렇습니다. 김일성조차도 용한 점쟁이를 불러 국사를 논의했다는 사실을 모르는 북한 주민은 없습니다."

김선동은 크리스마스 선물을 열어본 어린아이처럼 환희에 차 있었다.

송염은 웃으며 말했다.

"그래서 말인데 회장님께서 해주실 일이 있습니다."

"무엇이든 말씀만 하십시오."

"회장님은 탈북자들 사이에서 신망이 깊다고 들었습니다."

"약간은 제 말이 통한다고 자부합니다."

"탈북자들 중 젊은 사람들을 중심으로 하나의 조직을 결성해 주셨으면 합니다."

"조직이라면 어떤 조직을 말씀하시는 건지."

"말씀드렸지 않습니까. 북한의 해방은 북한 주민의 손으로."

"아……. 네, 알겠습니다."

"조직은 문수파의 하부조직이 될 것입니다. 그래야 소속감이 생기겠지요. 조직의 이름은 백두당으로 정했습니다. 당연히 회장님이 당주를 맡아주셔야겠지요."

송염은 백두당에 무제한의 자금을 공급할 것이며 그들이 북한 해방의 첨병이 될 것임을 천명했다.

"인원은 몇 명쯤으로 하는 것이 좋겠습니까?"

"숫자는 상관없지만 입이 무겁고 용기가 있으며 인내심이 강한 이들이면 좋겠습니다. 문수파에서 힘든 수련을 해야 하니까요."

"걱정 마십시오. 목숨을 걸고 두만강을 건넌 이들입니다. 사선을 걸어본 사람에게 용기가 있냐고 묻는 것은 실례되는 행동입니다."

"하하하, 내가 경솔했군요. 사과드립니다."

자신감이 없는 사람은 자신의 생각이 틀렸더라도 사과에 인색하다.

바로 열등감의 표출이다.

하지만 자신감이 넘치는 사람은 열등감을 느끼지 않는다.

송염은 깨끗하게 사과를 한 후 말했다.

"회장님, 아니 백두 당주는 원활한 탈북자 구출을 위해 양강도와 함경북도 일대에 비선 라인을 가지고 있을 것이라 생각됩니다만, 어떻습니까?"

"말씀하신 대로 몇몇 사람과 연이 있습니다."

"연락은 어떻게 합니까?"

"두만강 주변과 중국 접경지역에서는 핸드폰 통화가 가능합니다."

"북한 주민이 중국 핸드폰을 가지고 있다는 말씀이십니까?"

"그렇습니다. 그래야 중국 쪽과 연락이 되고 밀수도 할 수 있으니까요."

"잘됐습니다. 그들을 통해 양강도와 함경북도의 동, 리 단위 사무소 사무장과 지도원들, 당조직 비서와 부비서, 인민반장들, 그리고 국경경비대에 뇌물을 먹일 수 있겠습니까? 당연히 뇌물은 달러이고 금액도 무제한입니다."

송염이 열거한 사람들은 북한 행정조직의 최하층을 담당하는 관리들이다.

'뇌물은 죽은 사람도 살리는 기적을 행하지.'

이미 부패한, 그리고 부패할 준비가 되어 있는 관리들에게 돈맛을 보여준다.

돈맛을 본 사람은 더 큰돈을 찾아 헤매게 마련이다.

그때가 바로 송염이 움직일 순간이다.

"있습니다. 달러라면 환장하니까요."

"좋습니다. 총관을 통해 필요한 만큼의 자금을 받아 당장 실시하세요."

"알겠습니다, 태상장로님."

김선동이 총관 조덕구를 따라 나간 후 송염은 집무실을 나와 대연무장으로 향했다.

문수대전이 끝난 대연무장은 아직 식지 않은 열기로 후끈 달아올라 있었다.

초대받은 관객들과 주변 마을 사람들, 영웅촌 어르신들, 연구원들, 문도들은 문수파에서 제공하는 술과 음식을 즐기며 오늘 벌어졌던 박진감 넘치는 경기를 회상했다.

그러다 송염이 나타나자 환호성을 질러댔다.

"태상장로님~! 멋지십니다."

"그런데 오늘 같은 날 혼자시라니 정말 안됐습니다."

"장가는 안 가십니까?"

"무슨 소리야. 선녀 같은 희진 장로님이 계시잖아."

"웅? 희진 장로님이 누군데?"

"넌 입문한 지 얼마 안돼서 잘 모르겠다. 희진 장로님은 말

야, 문수파 최고, 아니 대한민국, 세계, 우주 최강의 미인이시
면서 동시에 선녀시지. 태상장로님의 연인이기도 하시고."

"아아~ 그런데 미인은 알겠는데 선녀는 또 뭐야?"

"손에 빛만 나면 죽어 가던 사람들도 모조리 손을 털고 일
어나는 기적을 행하시니 선녀가 아니면 뭔가?"

"세상에……. 정말이야? 그런 분이 계셨어? 그런데 난 왜
한 번도 못 뵀지?"

"멍청이, 문주님과 장로님은 폐관수련 중이시잖아."

"그렇구나. 그리고 보니 문주님도 한 번도 못 뵀구나."

"괜찮아, 괜찮아. 우리에게는 태상장로님이 계시니까."

"그럼, 그럼, 불과 여덟 명에 불과하던 문수파를 여기까지
키우신 건 모두 태상장로님의 역량이지."

"당연하지. 당연하고말고."

문도들의 대화는 송엽을 고무시켰다.

'그래, 나와 동식이, 철중이, 희진이, 크리스티나 그리고 백
호단 세 명뿐이었어. 불과 여덟 명이던 문수파를 1만 명에 달
하는 거대 문파로 탈바꿈시킨 사람은 바로 나야.'

미래에 대한 불안감으로 살짝 움츠렸던 마음이 편해졌다.

'1년이야, 이제 1년 후면…….'

송엽은 가슴을 활짝 폈다.

Chapter 84
문수할매

은하는 장마당 바닥에 주저앉았다.

어제 밤새 내린 비로 장마당 바닥은 진흙탕이었다. 차가운 냉기와 끈적끈적한 진흙의 감촉이 허름한 누비옷을 뚫고 엉덩이를 적셨다. 그래도 은하는 아랑곳하지 않았다.

"살려주시라요. 살려주시라요."

은하는 좌판을 걷어가는 안전원의 바짓가랑이를 붙잡고 울부짖었다.

빈 깡통으로 만든 기름등잔을 팔던 아저씨, 담배꽁초 필터로 만든 이불을 파는 아주머니, 소나무 껍질을 벗겨 만든 송기떡을 팔던 할머니, 느릅나무 껍질을 말려 가루를 내어 만든 누룩국수를 팔던 처자들이 슬금슬금 자신들의 좌판을 걷어 자리를 떴다.

안전원의 화가 언제 자신들에게 옮겨 붙을지 모르니 피하는 게 상책이다.

"이 애미나이래 미쳤나? 죽고 싶어?"

안전원은 자신의 채면이 손상되었다고 생각했는지 좌판을 집어 던졌다.

좌판에 담겨 있던 담배들이 이리저리 흩날렸다.

안전원과 은하의 다툼을 보고 있던 꽃제비들이 이런 기회를 놓칠 리 없다.

우르르르!

시커멓게 꽃제비들이 달려들어 부르튼 손으로 흐트러진 담배를 들고 도망쳤다.

"안 돼! 안 된단 말이야."

담배는 은하가 가진 모든 것이다.

그녀의 삶도 미래도 당장 오늘 밤 먹을 식량도 이 담배에 걸려 있다.

은하는 이성의 끈을 놓고 안전원에게 달려들었다.

"너 때문이야, 너 때문이란 말이야."

150센티미터도 안 되는 작은 키에 40킬로그램이 채 안 되는 가냘픈 몸이다.

하지만 악에 바친 은하의 몸부림은 안전원을 당황하게 만들기 충분했다.

화가 머리끝까지 치민 안전원은 은하를 발로 걷어차며 소리쳤다.

"에이, 미친년, 에이, 미친년. 너 교화소 맛 좀 봐야겠어."

"아악! 악! 이래 죽으나 저래 죽으나 죽으면 그만! 그래, 교화소로 보내라. 교화소로 보내."

"그래, 가자. 가. 가자고."

안전원은 은하의 뺨을 몇 대 때리더니 머리채를 붙잡고 질질 끌었다.

"아아악! 아아악!"

은하의 비명이 장마당에 울려 퍼졌다.

그러나 누구 한 사람 은하를 도와주지 않았다.

"어쩐데… 어쩨."

"저 아이도 독하구만. 안전원에게 왜 대들어서……."

"은하가 반반하지 않아. 안전원이 계속 눈독을 들이고 있었거든. 그런데 은하가 말을 듣지 않으니 해코지를 하는 거 아님."

"죽일 놈."

"입조심하오, 누구 듣겠어."

"······."

은하를 아는 주변 상인들은 안타까운 마음을 드러내지도 못하고 발만 동동 굴렀다.

"전거리 교화소로 끌려가면 큰일인데 말이오."

"죽어 나온다고 봐야 하지 않겠소. 달마다 30~40명씩 죽어 나온다고 하던데······."

"구리 광산에서 강제노동을 시키면서도 밥은 명이 붙어 있을 만큼만 준다 하지 않소."

"내도 죄수들이 소똥 속의 옥수수 낱알까지 골라먹는다 들었소."

"그래도 가족들이 면식과 솜옷이라도 넣어주면 한결 견디기 쉽다 들었지. 여유가 있다면 간수들에게 뇌물 좀 쥐어주면 돼지 축사같이 견디기 쉬운 작업으로 빼주기도 할 테고."

"그야 그렇지. 그런데 내 알기로 은하는 이 세상에 가족이라고는 없다 아니오."

"쯧, 쯧, 그럼······."

"올해를 넘기 못할 거요."

상인들은 저마다 한마디씩 말을 보태 은하의 처지를 동정했다.

그러나 그들이 할 수 있는 일은 아무것도 없었다.

그때 한 청년이 앞으로 나섰다.

청년은 장마당 사람치고는 보기 드물게 깨끗하게 세탁한 하얀 옷을 입고 있었다.

상인들은 청년을 알아보았다.

"문수 동자야."

"문수 동자가 나섰어."

"잘됐네, 잘됐어."

"은하는 복도 많지."

문수 동자라 불린 청년은 빠른 걸음으로 장마당을 빠져나가고 있던 안전원을 따라잡았다.

"안전원 동무."

"뭐야? 아……. 문수 동자 아니야?"

"그렇습다."

안전원도 문수 동자를 알아보았다.

상인과 안전원을 포함해서 회령시에 거주하는 사람치고 문수 동자를 모르는 사람은 없다.

문수 동자는 안전원에게 봉투 하나를 건네며 말했다.

"올데갈데없는 불쌍한 애미나이니 한번 선처해 주시라요. 은혜는 잊지 않겠습다."

"허, 참."

봉투 안을 살핀 안전원의 표정이 밝아졌다.

봉투 속에는 100달러라는 거금이 들어 있었다.

"이렇게까지 안 해도 되는데……."

"인민을 위해 불철주야 수고하시는 안전원 동지께 드리는 자그마한 성의입네다. 받아두시라요."

"그럼……."

봉투를 품에 넣은 안전원이 은하를 문수 동자에게 넘겼다.

'어차피 이년은 문수 동자가 찍었으니……. 아깝긴 하지만 돈이라도 받아둬야지.'

요즘 회령 시민들 사이에는 한 가지 말이 회자되고 있다.

—문수 동자에게 밉보이는 일은 호위총국 군관의 **뺨**을 때리는 일과 같다.

안전원이 사라지자 문수 동자가 은하를 일으켜 세우며 말했다.

"이제 됐슴다. 이거 받으시라요."

문수 동자는 다시 은하에게 봉투를 내밀었다.

은하에게 내민 봉투는 안전원에게 준 봉투보다 두 배는 두툼했다.

"아, 네……."

봉투를 받아든 은하가 눈물을 터뜨렸다.

"이 은혜를 어떻게 갚아야 할지."

"자기 전에 문수 할매에게 치성이나 드리면 되지 않겠습
까."

"그렇게 하겠습다. 자기 전뿐이겠습까? 새벽에도 꼭 그리
하겠습다."

은하는 멀어져가는 문수 동자를 향해 몇 번이고 허리를 굽
혔다.

*   *   *

1년 전 회령 시내 외각 창효리에 한 여성이 창효리의 특산
물인 백살구 나무 아래에서 신 내림을 받았다.

이여정이란 이름을 가진 칠순의 호호백발 할머니는 미래
를 내다볼 뿐만 아니라 웬만한 병자들은 하룻밤이면 고치는
신통력까지 발휘했다.

소문은 들불처럼 퍼져 나갔다.

안 그래도 점이라면 환장하는 북한 주민이다.

소문을 듣고 사람들이 모여들었다.

점을 보거나 병을 고치러 온 사람들은 하나같이 이여정의
신통력을 칭송했다.

소문이 사람을 불러 모았고 사람이 사람을 불렀다

하지만 하루의 길이는 정해져 있었고 이여정이 만날 수 있

는 사람은 모여든 사람 중 극히 일부분에 지나지 않았다.

하루에도 수천 명이 모였고 이여정은 잠을 줄여가며 수십 명을 치료했다.

다섯 명만 모여도 감시를 받는 북한 사회다.

날마다 수천 명이 모이자 창효리를 책임지는 인민보안부 분주소도 그냥 보고만 있을 수는 없었다.

분주소장은 이 사태를 회령시 인민보안부에 보고했고 회령시 인민보안부는 이여정을 잡아들였다.

암암리에 점과 굿을 성행한다고 하지만 기본적으로 북한은 종교나 미신이 금지되어 있는 유물론 사회다.

회령 시민들은 이여정이 수용소로 끌려가거나 사형을 당할 것이라고 확신했다.

그런데 놀라운 일이 벌어졌다.

회령 인민보안부에 끌려간 이여정은 불과 하루 만에 건강한 모습으로 다시 나타났다.

그리고 얼마 후 회령시에는 이상한 소문이 돌았다.

—이여정을 때린 각목이 수수깡처럼 부서졌다.

—이여정을 묶었던 오랏줄이 먼지처럼 사라졌다.

—보안원들이 풍선처럼 허공에 떠올라 허우적댔다.

—인민보안부장은 대낮에 귀신을 보고 오줌을 쌌다.

―그런 인민보안부장 앞에 감옥에 있던 이여정이 나타났다.

―인민보안부장이 무릎을 꿇고 이여정에게 잘못을 빌었다.

―이여정이 인민보안부를 빠져나올 때 인민보안부장이 등에 총을 쐈다.

―인민보안부장이 쏜 총알이 튕겨 나왔다.

―그 후 인민보안부에 있던 보안원들이 모두 미쳐 벽에 머리를 찧었다.

사태가 이쯤 되자 회령시 국가안전보위부가 나섰다.

국가안전보위부는 9~10만 명 규모의 비밀경찰 및 정보기관으로 국가 최고지도자 직속의 초법적 기관이다.

국가안전보위부의 주요 임무는 북한체제 지속을 위한 정치 및 사상동향 이상자를 감시, 사찰하고 남한이나 외국에서 보낸 간첩을 잡아내는 방첩업무를 수행한다.

때문에 국가안전보위부의 권한은 막강하다.

국가안전보위부는 어떠한 법적 절차 없이도 범인을 체포해서 정치범수용소에 집어넣거나 사형시킬 수 있다.

그런 국가안전보위부 회령지부가 나서자 회령 시민들은 아무리 이여정이라도 절대 살아남을 수 없다고 확신했다.

하지만 회령 시민들의 예상은 또다시 빗나갔다.

이여정은 잡혀 갔다 돌아오기를 반복했고 그때마다 보안원과 보위부원들은 스스로를 자해하거나 미친놈처럼 옷을 벗고 시내를 질주하거나 하는 기행을 저질렀다.

회령 시민들은 흥미진진하게 사태의 추이를 지켜보았다.

어떤 사람들은 군이 개입할지도 모른다고 했고 어떤 사람들은 함경북도 도당이나 평양에서 직접 나설지도 모른다고 말했다.

그러나 두 예상 또한 모두 빗나갔다.

평양은 움직이지 않았다.

소문에 의하면 보안원과 보위부 직원들은 약속이나 한 것처럼 모두 입을 다물었다 했다.

역시 많은 뒷이야기가 회령 시내를 떠돌았다.

―이번에 보위부원 아무개가 차를 샀다더라.

―보위부원 아무개 딸이 요즘 일본 화장품을 쓴다더라.

―회령시 인민보안부장네 부인은 샤넬백이라는 걸 들고 다닌다더라.

여러 가지 소문중에서도 가장 충격적인 소문은 회령시 국가보위부장에 관한 것이었다.

—바보가 됐대.
—똥오줌도 못 가린다며?
—시당 책임비서는 자기책임으로 돌아올까 두려워서 도당
에 보고를 안 하고 있다네.
—시당 책임비서네 요즘 집을 새로 짓는다며?
—듣자 하니 자재가 모두 일본산이라더군.

소문의 진위야 어떻든지간에 결과적으로 최소한 회령에서
만큼은 이여정은 안전했다.
회령 시민들은 이여정을 실제로 존재하지만 누군가 나서
서 건드릴 수 없는 존재로 인식했다.

회령 사람들은 이제 마음 놓고 이여정을 찾았다.
시간이 갈수록 점을 봐달라는 사람은 줄어들고 환자들이
늘어났다.
소문을 듣고 인근 군에서도 환자들이 찾아왔다.
이여정은 성심성의껏 환자들을 돌봤지만 혼자서는 역부족
이었다.
이여정은 한 가지 대책을 제시했다.

"나는 문수보살의 영험을 몸에 받은 사람이지만 혼자서 많은 사람을 고칠 수는 없다. 제자를 받을 테니 뜻이 있는 자는 오라."

죽어가는 사람도 고치는 영험한 이여정의 제자!

구름같이 사람들이 모여들었다.

이여정은 그 사람들을 일일이 면접해 제자를 뽑았다.

문수보살은 영험했다.

제자들도 사람을 고치는 기적을 보여주었다.

회령 사람들은 존경과 경외의 뜻을 담아 제자들을 문수 동자라고 불렀다.

*　　　　*　　　　*

늙은 노인이 숨을 헐떡거렸다.

노인은 피부와 뼈가 맞닿아 있을 정도로 말랐고 마른기침을 연신 토해내고 있었다.

"쿨럭, 쿨럭."

이여정이 검은 환단 한 개를 노인의 입에 댔다.

검은 환단은 아이스크림처럼 녹아 노인의 입속으로 스며들어 갔다.

그러자 수년 동안 노인을 괴롭히던 폐병이 씻은 듯 사라졌다.

거짓말처럼 노인의 얼굴에 화색이 돌았고 거친 숨도 잦아들었다.

"기침이 나는가?"

"아, 아닙니다. 문수 할매님. 정말로 감, 감사함다."

"내 덕이 아니야. 문수보살님께서 자네를 어여삐 여기신 걸세."

"이 은혜를 어떻게 다 갚아야 한답니까?"

"매일매일 문수보살님의 은덕을 감사하면 될 일."

"알겠슴다. 절대로 알겠슴다."

노인은 큰절을 하고 방을 나갔다.

밖에서 기다리고 있던 문수 동자가 봉투 하나를 노인에게 건넸다.

봉투 속에는 문수보살이 인쇄된 종이 100장이 들어 있었다.

"장마당에 가면 이걸로 식량을 바꿀 수 있슴다."

"병을 고쳐주신 것만으로도 은혜를 갚을 길이 없는데 문수전까지 주시다니요. 천부당만부당함다."

문수전은 문수 할매가 치료한 환자에게 주는 증표다.

이 증표를 가지고 장마당에 나가면 식량과 옷과 연료로 교환이 가능하다.

최근 장마당에서는 문수전이 돈처럼 사용된다.

노인은 연신 절을 하며 밖으로 나갔다.

"세상에……."

"할아버지."

"아버지."

기다리고 있던 노인의 가족들은 들것에 실려 들어간 노인이 멀쩡하게 걸어 나오는 모습을 보고 기쁨의 눈물을 흘렸다.

"하하하, 이제 내래 이상 없다. 10년은 더 살겠다 아님?"

"10년이 뭡니까, 20년도 더 살겠슴다."

"하하하하."

"하하하하하."

노인의 가족은 장마당으로 향했다.

장마당에는 온갖 물품들이 넘쳐났다.

이 또한 문수 할매가 등장하고 나서 벌어진 현상이다.

어디선가 쌀을 비롯한 식품들과 기름과 약품과 옷들이 쏟아져 들어왔고 상인들은 문수전과 물품을 맞바꾸어 주었다.

상인들도 손해 볼 일이 아니었다.

문수전은 현금과 같아서 최근 장마당을 석권한 무리패에게 가져가면 달러로 교환이 가능했기 때문이다.

마지막 환자를 내보낸 문수 할매는 크게 기지개를 폈다.

하루 종일 허리를 굽히고 수십 명의 환자를 보는 일은 칠순이 넘은 노파에게는 힘든 일이 분명했다.

그런데 이상했다.

"죽겠다. 죽겠어. 이럴 때 뜨거운 물에 샤워하고 시원한 생맥주 한잔을 들이켜면 딱인데……."

문수 할매의 입에서 나오는 단어들은 도저히 칠순 먹은 노파, 그것도 북한에서 평생을 산 노파가 구사할 수 있는 어휘들이 아니었다.

"이렇게 아름다운 여동생에게 할머니 탈을 씌워놓고선 이 오빠는 어디 간 거야?"

문수 할매는 뜻 모를 말을 중얼거리며 살짝 손을 얼굴에 가져갔다 뗐다.

화악~!

손바닥에서 뿜어져 나온 빛이 문수 할매의 얼굴을 감싼 후 잠깐 빛나다 사라졌다.

놀라운 일이 벌어졌다.

빛이 사라진 후 호호백발 할머니의 얼굴이 사라지고 금발 머리의 미소녀의 얼굴이 나타났다.

문수 할매는 크리스티나였다.

*   *   *

4월의 창효리는 새하얀 백살구꽃이 흐드러지게 피어나 이루 형용하기 힘들 만큼 아름답다.

특히 보름달에 비친 백살구꽃은 무릉도원을 연상시키는 풍광을 자랑한다.

"멋지단 말이지. 이런 장소가 대한민국에 있었다면 관광객으로 넘쳐났을 텐데… 하여튼 윗대가리들이 문제야. 자기들의 기득권을 지키기 위해 50년 넘게 나라를 두 동강 내다니 말야."

송염은 멋진 풍경을 감상하며 권력자들에게 욕을 퍼부었다.

"그나저나 첫 번째 단계는 끝났고 이제 다음 단계로 넘어갈 시간인가?"

김선동을 통해 1년 동안 회령과 인근 지역의 당과 군, 보안부, 보위부에 막대한 자금을 퍼부었다.

안 그래도 부패해 있던 북한 관료들은 바짝 마른 6월의 논바닥처럼 뇌물을 빨아들였다.

"물론 위기도 있었지."

다른 관료들은 문제가 없었지만 보위부원들이 문제였다.

보위부원들은 자신들이 당에 충성을 다하는 엘리트라는 자부심으로 똘똘 뭉쳐 있어 파고들기가 쉽지 않았다.

송염은 초강수를 두었다.

일단 일본의 한 섬에 자리 잡은 리조트를 통째로 장기임대
했다.

그리고 일본 전역에서 모은 외모가 출중한 풍속녀 백여 명
을 풀어놓았다.

아이디어는 산의 노인이 젊은 총각을 데려다 환락에 빠뜨
린 후 암살자로 키웠다는 하사신 이야기에서 따왔다.

"아랫도리에는 이념이 없는 법이거든."

그러고는 뇌물이 통하지 않는 골수 보위부원들을 납치했
다.

―잠에서 깨어보니 반라의 여성들이 가득!

싸구려 일본 풍속점 전단지에서나 나올 법한 저렴한 구호
를 앞세운 송염의 작전은 완벽하게 성공을 거두었다.

아무 설명도 없이 낙원에 떨어진 보위부원들을 처음에는
의심을, 그다음에는 망설임을, 그리고 최종적으로는 남자의
본색을 드러냈다.

중이 고기 맛을 보면 절에 빈대가 남아나지 않는다는 선현
의 말씀은 틀리지 않았다.

보위부원들은 환락에 빠져 들었다.

각종 술과 음식, 아리따운 아가씨들의 상상조차 할 수 없는 묘기에 가까운 서비스, 게다가 송염이 은근슬쩍 가져다놓은 비아그라까지 제 역할을 톡톡히 했다.

자본주의의 극치라고 할 수 있는 이 세 가지 도구는 고문보다도 효과적으로 보위부원들의 투철한 사상을 허물었다.

송염은 철저했다.

먼저 보위부원들의 행동을 모조리 비디오로 촬영했다. 그리고 보위부원들을 다시 북한으로 돌려보낼 때 선물로 그 비디오를 들려주었다.

물론 그들이 왜 이곳에 왔는지 자신이 누구인지는 전혀 알려주지 않았다.

대신 이곳에서 겪은 일을 발설하면 비디오를 평양으로 보내겠다는 협박을 했다.

북한으로 돌아온 보위부원들은 일종의 패닉 상태에 빠졌다.

불과 3일이지만 그 3일은 자신이 평생 보고 듣고 말해온 모든 것들이 얼마나 부질없는 일들이었나를 깨우쳐주기 충분한 시간이었다.

보위부원들이 정신을 차릴 무렵 송염은 다시 한 번 그들을 납치해 리조트에 풀어놓았다.

한번 먹어본 사람이 더 잘 먹는다는 말도 진실이었다.

자포자기한 보위부원들은 더더욱 성과 술과 음식에 탐닉했다.

그렇게 다시 3일이 흘렀다.

두 번째로 북한으로 돌아간 보위부원들은 패닉 상태를 넘어 일종의 무기력증에 빠졌다.

멍한 상태가 지속되고 일을 할 수 없었다.

그들은 자신들을 낙원으로 데려간 사람의 정체를 궁금해했다.

그래도 희망은 있었다.

두 번의 납치가 있었으니 세 번째도 있으리라는 희망이다.

그러나 희망을 이뤄지지 않았다.

일주일, 한 달, 두 달이 흘렀음에도 기대하는 납치는 이뤄지지 않았다.

그런데 보위부원들이 희망을 접을 무렵 다시 세 번째 납치가 이뤄졌다.

이번 납치는 이전의 두 번과 달랐다.

이전 두 번의 납치는 자는 도중에 이루어졌지만 이번 납치는 백주 대낮에 눈을 뜬 상태에서 이뤄졌다.

문자 그대도 눈 깜빡할 사이에 낙원으로 이동한 보위부원들에게 송염은 말했다.

"하루야, 하루. 최선을 다해 즐기라고……."

꿈과 같은 하루가 지나자 송염은 다시 말했다.

"너희를 죽이는 일은 백두산 호랑이가 토끼를 잡는 일보다 쉬워."

보안원들은 자신들이 거대한 계획의 한 부품이란 사실을 깨달았다.

송염은 또 하나의 사탕을 던졌다.

"말만 잘 들으면 언제든지 이곳에 올 수 있을 거야."

사탕은 하나가 아니었다.

"그리고 궁극적으로는 평생을 따뜻한 남쪽 나라에서 부유하게 살 수 있게 해주지."

송염의 말을 거부하는 보위부원은 단 한 명도 없었다.

그들은 송염이 인간이 아니라고 생각했다.

오히려 개중에는 이런 말을 하는 사람도 있었다.

"저 남자가 혹시 어버이 수령 김일성 장군님의 환생 아닐까? 그러니 우리에게 이렇게 잘해주지."

말도 안 되는 상상이지만 보위부원들은 집단으로 인지부조화를 일으켰다.

당을 배신한다는 생각보다는 자신들이 김일성의 명령에 따른다고 생각하는 편이 훨씬 마음이 편했기 때문이다.

오밤중이 돼서야 나타난 송염을 보자마자 크리스티나가

소리쳤다.

"나만 팽개쳐 놓고 어디 가서 뭘 하다 이제 온 거야?"

"하하하하, 볼일이 있어서."

"웃음으로 때울 일이야? 난 하루 종일 환자들 치료하느라 얼마나 힘들었는데."

"수고는 무슨, 그냥 영약 한 알 입에 넣어주면 그만인 것을……."

"흥, 그렇게 쉬운 일이면 내일부터 직접 해보시든지."

"미안, 미안. 그 대신 맛있는 것 사왔지."

송염은 등 뒤에 숨겼던 꾸러미를 내밀었다.

"흥, 안 먹어. 그래봤자 두부 밥이나 식혜겠지. 북한에서 뭘 바라?"

"그래? 그럼 내가 먹어야지."

송염은 웃으며 꾸러미를 풀었다.

꾸러미 속에서 나온 것은 양념통닭 두 마리와 생맥주였다.

"어머, 세상에……. 오빠 최고, 어디서 났어?"

고작 양념통닭 한 마리에 오빠 최고가 나왔다.

'내 주변 사람들은 왜 이렇게 먹는 것에 약할까?'

크리스티나가 먹음직스러운 닭다리를 한입 크게 물고 생맥주를 병째 들이켰다.

"연길에 갔다가 한국 치킨집이 보여서 사왔지."

"연길에는 왜?"

"선발대가 오늘 도착했잖아. 그들을 마중하느라고."

"백두 당주가 알아서 할 텐데 뭘."

"겸사겸사 바람도 쐬고~"

"다음에는 나도 꼭 데려가. 할머니 노릇하기 정말 죽겠다구."

"알았어. 약속할게."

단숨에 양념통닭 한 마리를 해치운 크리스티나는 두 번째 통닭 박스를 공략했다.

"그런데 오빠, 선발대가 도착했으면 슬슬 다음 단계로 넘어간다는 말이네?"

"그래야지. 그래야 하는데……."

준비 기간 1년, 실제로 북한에서 생활한 지 1년, 도합 2년의 기간 동안 송염은 당초 계획했던 대로 양강도의 보천군과 함경북도 경성군을 잇는 축선 북방 지역에 문수 할매를 정점으로 한 문수 신앙을 퍼뜨리는 데 성공했다.

문수 신앙의 포교(?)에 더해 송염은 이 지역에 막대한 물품을 쏟아부었다.

거의 무한정으로 공급되는 물품들은 문수 신앙이 지역민들의 삶 속에 확고하게 자리 잡게 만들었다.

이제 다음 순서는 이 지역을 북한에서 분리하는 일이었다.

그러나 계획을 시작하려면 민중의 마음속에 불씨를 당길 한 가지 계기가 필요했다.

송엽이 망설이자 크리스티나가 물었다.

"말꼬리를 흐리는 것을 보아하니 나에게 부탁할 일이 있구나?"

"네가 고생 좀 해야 할 거야."

"무슨 고생?"

"한 번 죽어야 하니 말야!"

"……"

죽어야 한다는 말에 크리스티나가 뜯던 닭다리를 내려놓았다.

"자고로 종교는 순교자가 있어야 하는 법이거든. 거기다 다시 되살아나면 금상첨화지."

"내가 예수야?"

"예수가 아니라 문수 할매지. 크크크크."

"정말로 죽으라는 말은 아닐 테고……. 알았어. 어떻게 하면 되는데?"

"내일 최부일 대장이 이곳으로 와서 널 체포할 거야."

"킁, 뭐야. 이미 준비가 끝났잖아."

"당연히 네가 해줄 줄 알고 있었지. 흐흐흐흐."

"그런데 나 최부일 그 사람 싫어."

최부일 대장은 함경북도 청진에 주둔하고 있는 인민군 제9군단 군단장이다.

　송염은 크리스티나에게 자신의 계획을 설명했다.

Chapter 85
9군단

송염은 누구보다 최부일 대장을 포섭하는 데 공을 들였다.

그 방법은 보위부원들과는 다른 방식으로 이뤄졌다.

선군정치를 부르짖는 북한에서 인민군의 군단장은 단순한 환락으로 포섭할 수 있는 대상이 아니다.

그 정도 위치라면 인간이 상상할 수 있는 온갖 부귀영화를 누렸을 것이기 때문이다.

송염은 폭력과 황금이라는 좀 더 직접적인 방법을 사용하기로 했다.

우선 송염은 점심 식사를 하고 있는 최부일 대장 앞에 모습을 드러냈다.

그리고 최부일 대장이 부하를 부르자 그들을 단숨에 때려 눕히고 말했다.

"더 불러."

최부일 대장은 송염의 말을 따랐다.

수십 수백의 병사가 송염에게 달려들었다.

기관총, RPG—7에 이어 탱크까지 동원됐다.

송염은 병사들은 기절시키고 기관총과 RPG—7, 탱크 포탄은 튕겨냈다.

핵이라도 동원하지 않는 이상 송염을 어찌할 수는 없다.

아니, 핵으로도 풀버프 상태의 송염을 다치게 한다는 보장은 없다.

탱크 한 대를 뒤집은 다음 순전히 주먹으로만 양철뭉치로 만들어 버린 후 송염은 다시 물었다.

"부족해. 더 없어?"

"……."

인간이 아닌 송염의 무용에 질려 버린 최부일 대장은 말을 잊었다.

"그럼 이제 거래를 해보자고."

송염은 단도직입적으로 조건을 말했다.

"호주 영주권, 물론 네가 데려가고 싶은 사람은 모두 데려가도 좋아. 이에 더해 미화 5,000만 달러, 금이 필요하면 금으로 주고, 현찰이 필요하면 현찰로 줘도 좋아."

탱크 포탄을 튕겨내는 인간 같지 않은 인간이 이번에는 돈을 준다니 최부일 대장은 도대체 정신을 차릴 수 없었다.

그래도 5,000만 불은 워낙에 거금이다.

군단장 정도 지위에 있으면서 외국 사정을 모를 리 없다.

구미가 당겼다.

보장만 확실하면 김정은 같은 핏덩어리 밑에서 굽실대며 살고 싶지 않다.

더군다나 저런 초인이 거금을 제시할 때는 자신이 필요한 일이 있다는 말이다.

"나에게 바라는 것이 뭐냐?"

"쯧, 쯧."

송염은 혀를 찼다.

그 순간 최부일 대장은 그대로 돌처럼 굳어 버렸다.

어느새 나타난 검은 옷을 입은 남자가 자신의 목에 날카로운 단검을 대고 있었기 때문이다.

송염은 손을 저었다.

"아아~ 몰라서 그러니 그만해."

"존명."

크게 복명한 검은 옷의 남자가 이번에는 최부일에게 나지

막하게 말했다.

"불경의 대가는 죽음이다."

그 말만을 남기고 검은 옷의 남자는 최부일 대장의 눈앞에서 사라졌다.

"우리 아이들이 원체 성질이 급해서 말야. 놀랐지?"

"네? 네……."

존댓말로 대답을 한 최부일 대장은 얼른 목을 쓸었다.

당장에라도 비수가 목에 박힐 것 같아 정신을 차릴 수 없었다.

"내가 너에게 바라는 건 한 가지야. 쿠데타."

"쿠데타……."

"어허~"

"네? 네. 쿠데타라니요. 불가능합니다."

"웃기지 마. 가능해. 아참, 내가 빼먹었는데 지역은 양강도의 보천군과 함경북도 경성군을 잇는 축선 이북이야."

"……."

"그리고 어차피 넌 얼굴마담에 불과해. 네 부하들이나 단속하면 된다는 말이야."

"얼굴마담이 무슨 뜻입니까?"

최부일 대장은 얼굴마담이라는 남한 말을 이해하지 못했다.

"크, 그냥 대외적으로만 네가 우두머리란 이야기야."

"저야 그렇다손 치더라도 부하들이 명령을 들을지 모르겠습니다."

"크크크크, 부하들은 네가 처리해야지. 대신 돈과 폭력은 무제한으로 공급해 주지. 흑영단, 나와."

송염의 명이 떨어지자 최부일 대장 주변으로 여덟 명의 검은 옷을 입은 남자가 모습을 드러냈다.

"존명!"

일사분란하게 예를 갖추는 흑영단을 본 최부일 대장은 주먹을 불끈 쥐었다.

'가능해. 가능해.'

확실히 가능했다.

1990년대 후반 고난의 행군 이후 북한은 평안북도의 8군단, 자강도의 10군단, 함경북도의 9군단 등 북·중 국경지대에 늘어선 부대들을 외화벌이에 동원했다.

그 결과로 중앙과 멀리 떨어져 있으면서 돈을 만진 후방부대들은 일종의 토호 세력으로 전락했다.

명령 체계에 복종하는 군 조직의 특성보다 스스로 먹고살기 바쁜 자본주의 기업에 가까운 형태다.

이런 형태가 20년 가까이 지속되자 이들 부대의 군관들은 소위 '돈맛'을 알아버렸다.

현재 9군단의 중추인 중견군관들은 모두 이때 임관했다.

이런 실정이니 이들 군관들은 군 생활 전부를 돈을 쫓아 살아온 셈이다.

이런 현상은 단지 일반 장교들뿐만이 아니라 정치 군관이나 보위 군관도 마찬가지로 일어났다.

전투 장교들을 감시해야 할 정치 군관과 보위 군관들이 자신의 상급기관인 총정치국이나 보위사령부보다 '돈줄'을 쥔 각급 부대장과 친밀해져 버린 것이다.

양강도의 보천군과 함경북도 경성군을 잇는 축선이라면 성공 확률은 더 높아졌다.

이 지역과 평양은 워낙에 거리도 멀고 교통도 엉망이며 개마고원 등 험준한 산악지대로 분리되어 있다.

그런 악조건을 뚫고 진압군을 올려 보낸다 해도 문제는 남는다.

북한의 전방은 남쪽이다.

진압군을 북으로 빼내면 남한과 맞대고 있는 전방이 취약해진다.

그렇다고 평양을 방어하고 있는 평양 방위사령부 병력을 뺄 수도 없다.

우선 평양 방위사령부가 공세 부대가 아니라 방어부대라는 점이 그랬고 혹여라도 이 부대가 빠진 평양에 또 다른 부대가 반란이라도 일으키면 감당할 수 없어서다.

'내친걸음이야. 이미 상한 병사들이 기백 명, 박살 난 탱크가 10여 대. 이 사실이 평양에 알려지면 난 그대로 정치범 수용소로 직행하겠지. 게다가 여차하면 난 몸을 빼면 그만이고…….'

결심을 굳힌 최부일 대장은 말했다.

"하겠습니다. 하지만 장기전은 불가능합니다."

"걱정하지 마. 그 정도로 충분해. 그리고 난 북한 정부를 전복시킬 생각은 없어. 그저 전선을 교착시켜서 이 지역을 북한에서 독립시키기만 하면 돼."

"……"

북한 정부를 전복시키는 것도 아니고 일부 지역만 독립시킨다는 말에 최부일 대장은 할 말을 잊어 버렸다.

그래도 할 말은 해야 한다.

무엇보다 중요한 말이다.

"제가 받을 돈은 어떻게……."

"하여튼 윗대가리들은 똑같아. 자, 받아."

송염은 품에서 서류 몇 장을 꺼내 최부일 대장에게 던졌다.

"스위스와 케이먼 군도의 은행에 분산 예치된 미화 5,000만 달러 그리고 너와 네 가족들의 호주 여권이야. 보너스로 시드니 해변가에 꽤 괜찮은 집도 한 채 네 이름으로 사뒀어. 확인해 보려면 해봐도 좋고."

"알, 알겠습니다."

최부일 대장은 서류를 살핀 다음 위성 전화를 꺼냈다.

그리고 변명처럼 송염에게 말했다.

"외화 벌이 사업을 하려면 이 정도는 가지고 있어야 합니다."

"……."

최부일 대장은 전화를 걸었고 끊었다.

얼마의 시간이 지나자 위성전화가 울렸다.

통화를 마친 최부일 대장이 말했다.

"집까지 준비해 두셨다니……. 이미 이렇게 될 줄 아셨군요."

"뭐, 그런 거지."

최부일 대장은 마지막 질문을 던졌다.

"당신은 누구십니까?"

"나?"

송염은 빙긋 웃으며 대답했다.

"송염이야."

Chapter 86
부활

9군단에서 평양의 명령을 받고 문수 할매를 잡아갔다.

이 소식이 양강도와 함경북도 주민들에게 주는 충격은 이루 헤아릴 수 없는 것이다.

주민들은 삼삼오오 모여 문수 할매가 어떻게 될 것인지 이야기했다.

"설마 죽이기야 하겠슴까?"

"모르지비, 평양에서 보위부원들이 내려왔다 하지 않았음?"

"평양이면 힘들겠구만."

"아무래도 그렇겠지."

예상은 비관적인 전망으로 일치되었다.

"평양 새끼들은 해준 것도 없으면서……."

"자기들은 좋은 집에서 호의호식하면서 지방 사람들은 굶어 죽든 말든 관심도 없지."

"출신 성분이 다르잖아. 출신 성분이……."

"홍, 문수 할매는 출신 성분이 좋아 그 많은 사람들의 병을 고쳐줬슴까?"

"하긴… 생각할수록 화가 남다."

업친 데 덮친 격으로 장마당에 흔하게 널려 있던 식량을 비롯한 물품들이 일제히 모습을 감추었다.

이제 장마당은 문수 할매가 등장하기 이전의 황량하고, 더럽고, 고달프던 시절로 돌아갔다.

주민들은 이런 현상이 모두 당이 문수 할매를 잡아가서 벌어진 일이라고 생각했다.

2년간의 배부름이 당장의 배고픔을 더 크게 느끼게 만들었다.

주민들은 치밀어 오르는 울분을 집어삼키며 문수 할매의 소식을 기다렸다.

일주일 후 비보가 주민들을 강타했다.

―청진 인민운동장에서 이여정을 공개 처형한다.

죄목은 인민을 대상으로 한 사기와 불법 의료였다.

"말이 되냐 말임까?"

"이런 미친놈들……."

"당이 뭐임까? 인민이 굶어 죽든 아파 죽든 상관없단 말임까?"

"그냥 확!"

"이래 죽으나 저래 죽으나 매한가지 아님까?"

그런데 이때, 폭발 직전의 주민들 사이에 한 가지 소문이 퍼져 나갔다.

―문수 할매는 문수보살의 환생이다. 천진에서 기적이 일어난다.

마지막 지푸라기라도 잡고 싶은 주민들은 청진 인민운동장으로 모여들었다.

기둥에 묶인 문수 할매를 향해 열 자루의 소총이 발사되었다.

문수 할매는 피투성이가 되어 고개를 떨궜다.

병사들이 문수 할매를 줄에서 풀어내 거적대기에 싸 인민
운동장 중앙에 방치했다.

문수 할매가 죽었다.

울고 싶다.

소리치고 싶다.

하지만 그러면 저 총칼을 든 인민군에게 죽는다.

주민들은 억지로 울음을 집어 삼키며 마음속으로 오열했다.

그때였다.

한 청년이 벌떡 일어나더니 소리쳤다.

"야! 이놈들아. 이 개 같은 놈들아! 너희가 우리에게 해준
것이 뭐 있길래 문수 할매를 죽이냐?"

청년의 외침은 방아쇠였다.

주민들은 참아왔던 울분을 목소리로 토해냈다.

수만 명의 목소리라 합쳐져 힘을 얻었다.

─인민의 밥도 해결 못하는 무능한 당은 죽어라.

뜻밖의 사태에 당황한 인민군들이 총을 들고 관객들을 향
해 달려왔다.

그리고 기적이 일어났다.

죽은 문수 할매의 시신을 덮고 있던 거적이 눈을 뜰 수 없을 만큼 밝은 빛과 함께 먼지처럼 부서져 사라졌다.

주민들의 시선이 빛에 모였다.

죽은 문수 할매의 시신이 하늘로 떠올랐다.

그리고 다시 빛이 있었다.

빛이 사라지자 문수 할매가 사라졌다.

아니, 사라지지 않았다.

문수 할매의 시신이 있던 허공에는 나풀거리는 천사옷을 입은 아름다운 여성이 광휘에 휩싸여 지상을 내려다보고 있었다.

누군가 소리쳤다.

"문수보살의 현신이다. 문수 할매가 살아났다."

"문수보살~ 만세."

"문수보살~ 만세."

격정과 환희가 인민운동장을 휘감고 돌았다.

또 누군가 소리쳤다.

"최부일 대장이다. 9군단 군단장 최부일 대장이다."

깨끗한 군복을 차려 입은 최부일 대장이 인민운동장 중앙에 섰다.

주민들이 소리쳤다.

"뭘 하려는 거야? 또 문수보살님을 죽이려는 거야?"

"두고 보지 않아. 천벌이 내릴 거다."

그러나 최부일 대장은 누구도 예상하지 못했던 행동을 했다.

최부일 대장은 군모를 벗고 군복을 벗었다.

"……."

"……."

군복을 벗은 최부일 대장은 하얀 옷을 입고 있었다.

누군가 소리쳤다.

"최부일 대장도 문수 동자다."

"와~!"

"만세~!"

손을 들어 주민들을 진정시킨 최부일 대장이 소리쳤다.

"더 이상은 침을 수 없었습니다. 방금 전 제 손으로 평양에서 내려온 보위부원들을 사살했습니다."

"만세~!"

"만세~!"

"문수보살, 만세~!"

최부일 대장은 다시 소리쳤다.

"더 이상은 참을 수 없습니다. 난 문수보살님의 제자 자격으로 양강도의 보천군과 함경북도의 경성군 이북을 문수의 땅으로 선언합니다."

주민들이 뭐라 반응하기도 전에 다시 빛이 있었다.

이번 빛은 지금까지의 빛에 비해 수십, 수백 배 밝았다.

겨우 눈을 뜬 주민들은 인민운동장에 도열한 일단의 사람들을 발견했다.

하얀색 투구와 하얀색 도복을 입고 있는 사람들은 언뜻 보기에도 수천 명은 넘어 보였다.

일생일대의 퍼포먼스를 지켜보던 송염은 흥에 겨워 소리쳤다.

버프를 가득 받은 송염의 목소리는 비수처럼 수만 명 주민의 가슴을 찔렀다.

"문수의 군대다. 문수의 군대가 나타났다!"

인민운동장을 가득 채운 사람들은 모두 문수파의 문도 즉 문수의 군대였다.

『버퍼』 7권에 계속…

요람 新무협 판타지 소설 FANTASTIC ORIENTAL HEROES

국내 최대 장르문학 사이트를 휩쓴 화제작!
여름의 더위를 깨뜨리며 차가운 북방에서 그가 온다.

『귀환병사』

열다섯 나이에 북방으로 끌려갔던 사내, 진무린
십오 년의 징집을 마치고 돌아오다.

하지만 그를 기다린 것은 고아가 된 두 여동생, 어머니의 편지였다.
그리고 주어진 기연, 삼륜공……

"잃어버린 행복을 내 손으로 되찾겠다!"

진무린의 손에 들린 창이 다시금 활개친다.
그의 삶은 뜨거운 투쟁이다!

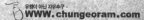

FUSION FANTASTIC STORY

HUNTER MOON

헌터 문

이훈 장편소설

보름달이 떠오르면 밤의 사냥이 시작된다.
헌터문(Hunter-Moon), 사냥꾼의 달.

귀계의 밤이 열리며 저물지 않는 달이 떠올랐다.
실체 없는 힘을 좇아 명맥을 이어온 퇴마사들.

이제 그들로 인해 세상이 뒤바뀐다.
[미녀들과 귀신 탐험대]의 사이비 퇴마사 예용중과
그의 가족들이 펼치는 좌충우돌 퇴바기.

"퇴마사는 얼어 죽을! 그거 다 쇼야!"
"저기 하늘에 구멍이 뚫렸는데요?"
"으잉?"

Book Publishing CHUNGEORAM

유행이 아닌 자유추구
WWW.chungeoram.com

수선경

허담 新무협 판타지 소설
FANTASTIC ORIENTAL HEROES
水仙經

작은 샘이 바다로 모여들듯,
만류의 법이 하나로 회귀하듯,
다섯 개의 동경이 드디어 하나로 모인다.

검을 만드는 사람과
검을 쓰는 사람,
그리고 검을 버리는 사람의 이야기!

천명을 타고 태어난 **청풍**과 **강검산**
그리고 혈로를 걸어온 살수 **타유**,
그들이 다섯 줄기의 피의 숙명과 마주한다.

Book Publishing CHUNGEORAM

유행이 아닌 자유추구 -
WWW.chungeoram.com